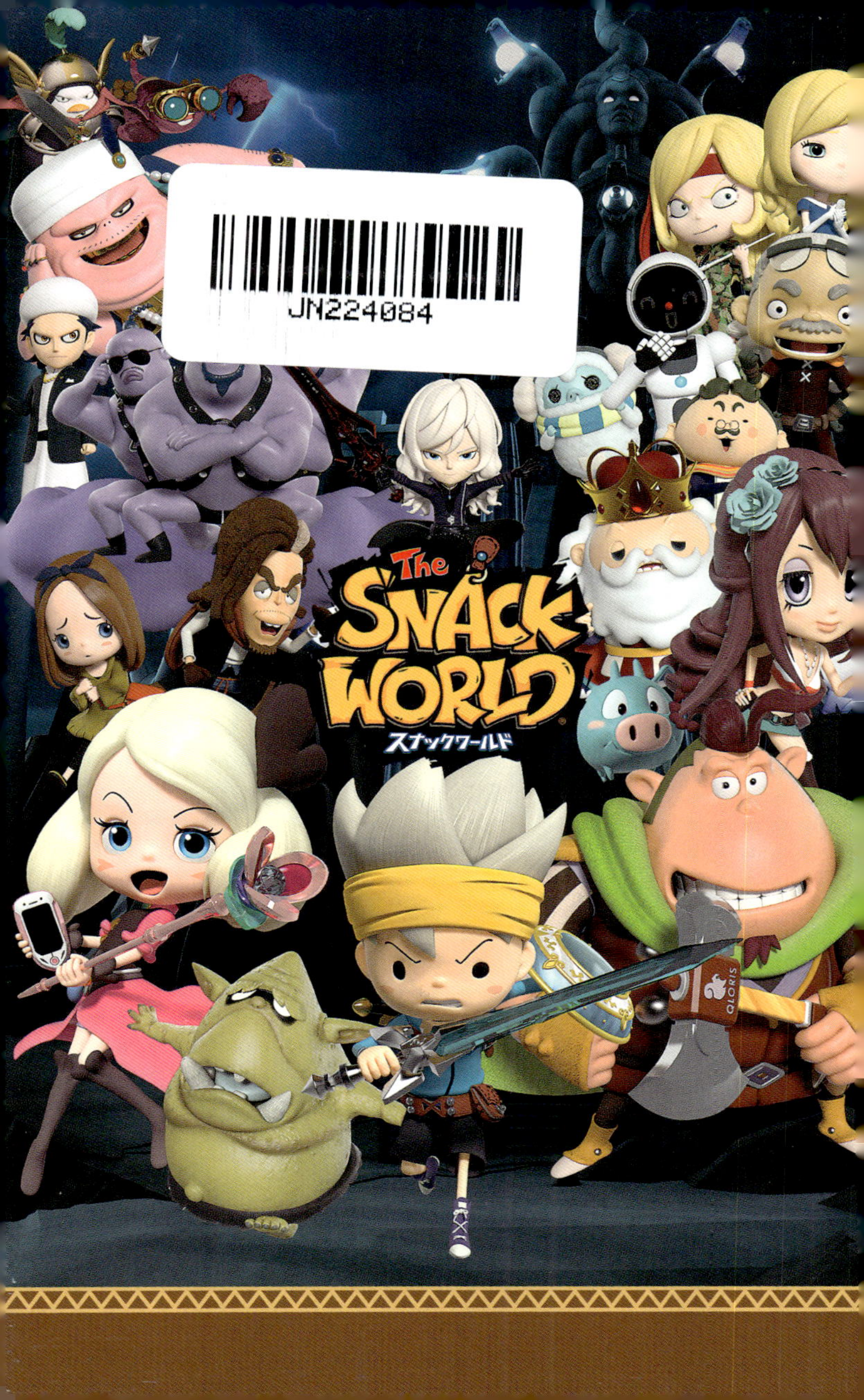
The SNACK WORLD
スナックワールド
QLORIS

ここは冒険《ぼうけん》の始《はじ》まりの地《ち》『フレンチトースター』。
今日《きょう》もチャップは仲間《なかま》たちと一緒《いっしょ》に
トンデモナイ冒険《ぼうけん》へと向《む》かう！

マヨネ

ツッコミが上手《じょうず》な魔法使《まほうつか》い。可愛《かわい》いものとイケメンが好《す》きだけど、怒《おこ》るとちょっと怖《こわ》い。

チャップ

仲間思《なかまおも》いで正義感《せいぎかん》が強《つよ》い。ビネガーを倒《たお》すため、どデカイお宝《たから》を探《さが》して冒険中《ぼうけんちゅう》。

「チャップさんはすごいでごわす！」

ペペロン

一番《いちばん》の力持《ちからも》ちで優《やさ》しい性格《せいかく》をしている。
元王宮戦士《もとおうきゅうせんし》という過去《かこ》を持《も》つらしいが…。

「ここはワシが試《ため》しにやってみよう」

ゴブさん

魔法《まほう》で姿《すがた》を変《か》えられた王子《おうじ》と
言《い》っているゴブリン。でもただの
オッサンにしかみえないぞ！

ブタ子《こ》

「ブヒーン！」

ドラゴンの女《おんな》の子《こ》。普段《ふだん》は
肩《かた》ノリサイズだけど、大《おお》きく
なるとみんなを乗《の》せて飛《と》ぶことも！

お城《しろ》に呼《よ》ばれたチャップたちに、
王様《おうさま》から無理難題《むりなんだい》なミッションが！

「パパ〜、『パープルアイ』が欲《ほ》しいの〜」

メローラ姫《ひめ》

お色気《いろけ》むんむんのお姫《ひめ》さま。
チャップも姫《ひめ》にメロメロ。

「というわけで、チャップ頼《たの》んだぞ！」

王様《おうさま》

娘《むすめ》のメローラ姫《ひめ》に甘《あま》
チャップたちに難《むずか》しい
ミッションをくだす。

強《きょう》制《せい》的《てき》に…クエストスタート！
『パープルアイ』をゲットせよ！

灼《しゃく》熱《ねつ》の砂《さ》漠《ばく》を歩《ある》いたり！

シンデレラ隊《たい》長《ちょう》の地《じ》獄《ごく》の特《とっ》訓《くん》をうけたり！

カルボナーラの武器屋《ぶきや》で雑《ざつ》に扱《あつか》われたり!

魔法《まほう》のランプから『ジニーズ』が現《あらわ》れたりしつつも!

メドゥーサ討伐《とうばつ》、コンプリート! パープルアイ、ゲット!!

冒《ぼう》険《けん》にかかせないのは、この3つ《みっ》！

スナック

フェアリポンで撮影《さつえい》したものが封印《ふういん》されたクリスタル状《じょう》のプレート。これがあれば、いつでもモンスターやキャラクターを呼《よ》び出《だ》せる！

フェアリポン

負《ま》けを認《みと》めたモンスターを撮影《さつえい》したり、世界《せかい》のいろんな情報《じょうほう》を検索《けんさく》できる便利《べんり》アイテム！

ジャラ

剣《けん》や防具《ぼうぐ》などを小《ちい》さくミニチュア化《か》させて、6つまで持《も》ち歩《ある》くことができる！

アイテムやモンスターをたくさんゲットだ!!

ミラクル3種《しゅ》の神器《じんぎ》を使《つか》って
チャップは故郷《こきょう》の村《むら》を焼《や》いたビネガーへの
10倍《ばい》、100倍《ばい》、1000倍《ばい》返《がえ》しの復讐《ふくしゅう》を誓《ちか》う！

ビネガー

大規模《だいきぼ》レジャー施設《しせつ》を建設《けんせつ》するため、チャップの村《むら》を破壊《はかい》した。キングオイスターシティの「ビネガーパレス」に住《す》んでいる。

「ここはちゃーんと焼きましたよ。きれいさっぱりね。ウヒャッ、ウヒャヒャヒャヒャヒャヒャッ！」

ビネガーの住《す》むキングオイスターシティへの切符代《きっぷだい》を稼《かせ》ぐため、チャップの旅《たび》は今日《きょう》も続《つづ》く！

WELCOME《ウェルカム》 TO《トゥ》
SNACK《スナック》 WORLD《ワールド》!

スナックワールド

松井香奈／著
日野晃博／総監督／原案・シリーズ構成
レベルファイブ／監修

★小学館ジュニア文庫★

ここは、夢《ゆめ》と冒険《ぼうけん》の聖地《せいち》『スナックワールド』。

ドラゴンだっているし、便利《べんり》なスマフォはみんな持《も》ってる、そんなイカした世界《せかい》なんだ。そして、オレの名《な》はチャップ！大陸《たいりく》をむしばむ悪《あく》の商人《しょうにん》ビネガー・カーンに、故郷《こきょう》の村《むら》をつぶされたオレは、1000倍返《ばいがえ》しの復讐《ふくしゅう》の旅《たび》に出《で》たんだ。ビネガーのいるキングオイスターシティ行《い》きの切符《きっぷ》はなんと2000万《まん》ギランもする。

だからオレはカネになる、どデカイお宝《たから》を探《さが》して大冒険中《だいぼうけんちゅう》なんだ！

PASSAGE

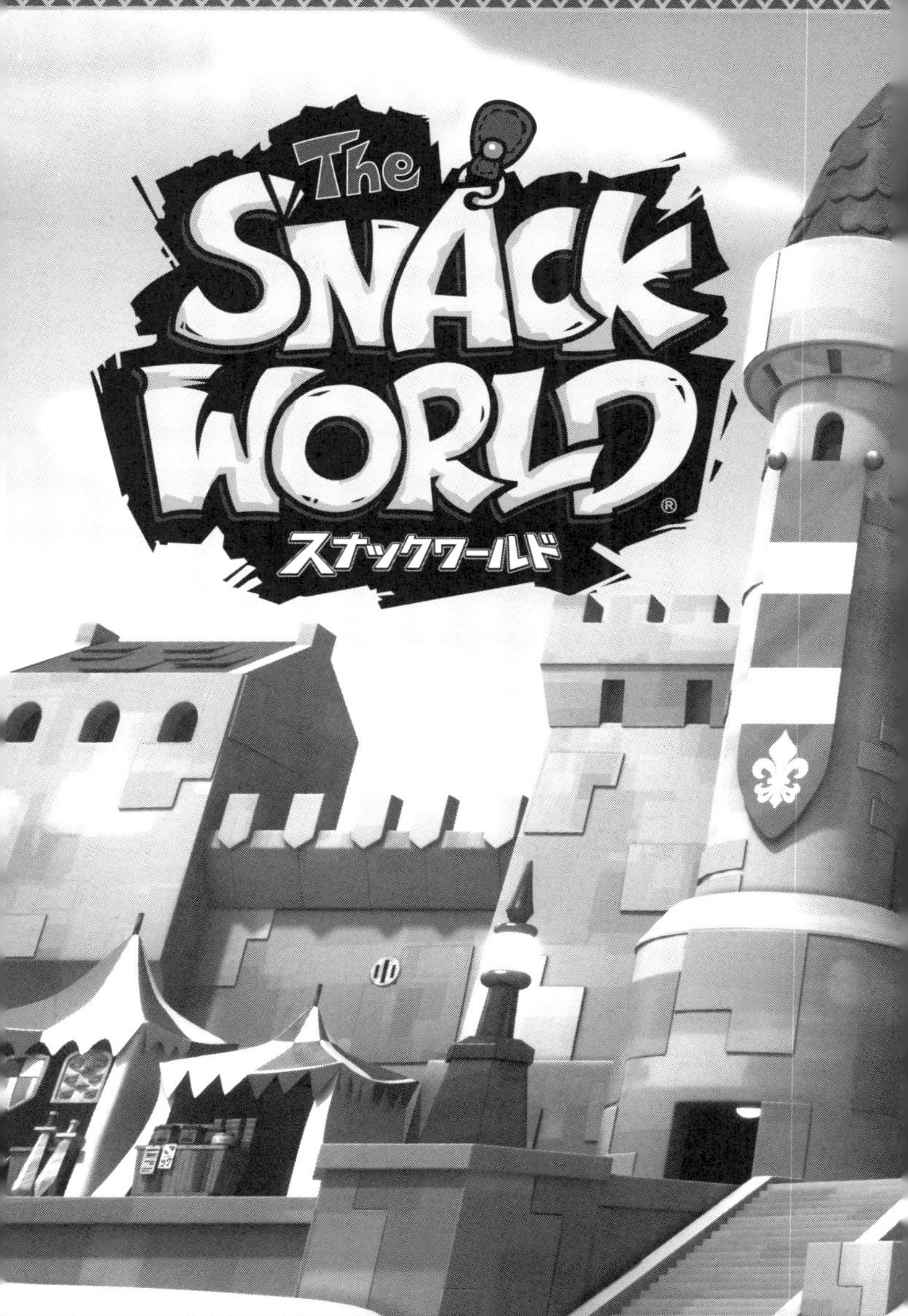
The SNACK WORLD
スナックワールド

第《だい》1章《しょう》

オレならできる！メドゥーサ討《とう》伐《ばつ》

1　始《はじ》まりの地《ち》　フレンチトースター

　ここは、冒険《ぼうけん》の始《はじ》まりの地《ち》、**『フレンチトースター』**。

　緑《みどり》と川《かわ》に囲《かこ》まれた小高《こだか》い丘《おか》に建《た》つお城《しろ》を中心《ちゅうしん》に、石造《いしづく》りの建物《たてもの》が広《ひろ》がり、迷路《めいろ》のような路地《ろじ》には、市場《いちば》や武器屋《ぶきや》、便利《べんり》なコンビニまである冒険《ぼうけん》の拠点《きょてん》にうってつけの城下町《じょうかまち》だ。

　今日《きょう》もチャップは、仲間《なかま》たちと一緒《いっしょ》に、フレンチトースターを治《おさ》める王様《おうさま》が暮《く》らすお城《しろ》の玉座《ぎょくざ》の間《ま》に呼《よ》ばれていた。

　グレーの髪《かみ》に黄色《きいろ》いバンダナがトレードマークの少年《しょうねん》チャップ。彼《かれ》のパーティーの仲間《なかま》は、魔法使《まほうつか》いのマヨネ、戦士《せんし》のペペロン、そしてゴブリンのゴブさんの計《けい》4人《にん》。

　マヨネは、仲間《なかま》で唯一《ゆいいつ》の女《おんな》の子《こ》、ピンクのワンピースに革《かわ》ベストと革《かわ》ブーツ、低《ひく》めに作《つく》った金髪《きんぱつ》ツインテールにはハート型《がた》の髪飾《かみかざ》りをつけている。

　ペペロンは、パーティーで一番《いちばん》の力持《ちからも》ち、戦士《せんし》らしいガッチリとした体格《たいかく》に似合《にあ》わず、性格《せいかく》はすごく優《やさ》しい。

ゴブさんは『**ゴブリン**』というモンスターの仲間《なかま》で、カバみたいな分厚《ぶあつ》い皮膚《ひふ》に鋭《するど》い牙《きば》ととんがり頭《あたま》、加齢臭《かれいしゅう》が気《き》になるお年《とし》ごろ、つまりおじさんだ。

そんな仲間《なかま》を率《ひき》いるリーダーのチャップは、いつも元気《げんき》でポジティブな親分肌《おやぶんはだ》。だけど、王様《おうさま》の娘《むすめ》、メローラ姫《ひめ》にはめっぽう弱《よわ》い。今日《きょう》も、玉座《ぎょくざ》の王様《おうさま》、ではなく、その横《よこ》にいるメローラ姫《ひめ》をデレデレしながら見《み》ている。

メローラ姫《ひめ》は、スタイル抜群《ばつぐん》のパーフェクトギャル。ビキニブラのヘソ出《だ》しルックに、超《ちょう》ミニスカとニーハイソックスを合《あ》わせ、まつ毛《げ》くるりんお目目《めめ》パッチリ、くるくるカールの巻《ま》き髪《がみ》を腰《こし》まで伸《の》ばしている。姫《ひめ》は、いつものようにセクシーオーラ全開《ぜんかい》で、王様《おうさま》のサンタクロースのような白《しろ》ひげをなでなでしながら、猫《ねこ》なで声《ごえ》でおねだりしている。

「パパ〜、なんかさぁ、『**パープルアイ**』って宝石《ほうせき》が今《いま》すご〜く話題《わだい》らしいのぉ。持《も》ってないとぉ、姫《ひめ》としての格《かく》っていうか威厳《いげん》っていうかプライドっていうか、そういうのダイジだしさあ〜」

「というわけなのじゃ、チャップ」

「パープルアイはヘビーテンプラー神殿《しんでん》にいる『**メドゥーサ**』が持《も》っている」

王様《おうさま》の脇《わき》にひかえるチョビひげの大臣《だいじん》が付《つ》け加《くわ》えた。

「メドゥーサぁあ!? にらまれたらピッキーンって石《いし》になるアレでしょっ！ ムリムリムリムリムリ！」

マヨネは身震《みぶる》いした。もちろん、マヨネだけじゃなくチャップもペペロンもゴブさんもみんな震《ふる》えている。メドゥーサは恐《おそ》ろしい伝説《でんせつ》の怪物《かいぶつ》だ。そんなのが持《も》っている宝石《ほうせき》を奪《うば》うなんて、絶対《ぜったい》ムリだ。すると、そこへひとりの兵士《へいし》が駆《か》け込《こ》んできた。王様《おうさま》の玉座《ぎょくざ》までの長《なが》いレッドカーペットを、

「王様《おうさま》～！」

と、叫《さけ》びながら走《はし》ってくる。

「おお、戻《もど》ったか！ クルトン兵士長《へいしちょう》！」

「王様《おうさま》～！ メドゥーサがぁぁぁぁ～」

「倒《たお》されたのじゃな！」

王様《おうさま》が喜《よろこ》んで立《た》ち上《あ》がろうとすると、兵士《へいし》は突然《とつぜん》、ピッキーンッ！ と、あっという間《ま》に全身《ぜんしん》が石《いし》になってしまった！ 兵士《へいし》、もとい兵士《へいし》の石像《せきぞう》は、そのままドスンと床《ゆか》に倒《たお》れ

ると、王様《おうさま》たちの足下《あしもと》に転《ころ》がった。

「ひぃぃっ———!!」

チャップたちの叫《さけ》びに、ペペロンが続《つづ》けた。

「倒《たお》されてないでごわすぅ!」

ムリムリムリムリムリ、やっぱムリ! 全員《ぜんいん》の頭《あたま》が「ムリ」の二文字《にもじ》でいっぱいになる中《なか》、のんきなメローラ姫《ひめ》のあまーい声《こえ》が、凍《こお》りついた部屋《へや》の空気《くうき》を無理《むり》やり溶《と》かすように響《ひび》いた。

「ねぇ〜欲《ほ》しいのぉぉぉ〜 パパ、パパ、パパ、パパ!」

姫《ひめ》は父《ちち》の王冠《おうかん》を取《と》って、ハゲ頭《あたま》をペチペチと叩《たた》きながら体《からだ》をくねらせている。

「チャ、チャップ! 頼《たの》んだぞ!」

なにはともあれ、さぁ、クエストの始《はじ》まりだ!

2　クエストスタート！　砂漠《さばく》のモンスター　スコーピオン

　チャップたちは、メドゥーサの棲《す》むヘビーテンプラー神殿《しんでん》を目指《めざ》し、太陽《たいよう》が照《て》りつける灼熱《しゃくねつ》の砂漠《さばく》を歩《ある》いていた。熱《あつ》い砂《すな》に足《あし》をとられ、なかなか思《おも》うように進《すす》まない。汗《あせ》タラタラの喉《のど》カラカラ、もうクタクタだ。

「もぅ、なんでいつもこんな目《め》に遭《あ》うのぉ……」

　マヨネはゼイゼイと息《いき》を切《き》らせた。すると、ペペロンが突然《とつぜん》、空中《くうちゅう》を見《み》て叫《さけ》んだ。

「あーっ！　肉《にく》が飛《と》んでいるでごわすっ！　おいどん、ミディアムレアで頼《たの》むでごわす」

「幻覚《げんかく》よ。気《き》にしないで」

「コラ、お前《まえ》たち！　これくらいで、音《ね》をあげていてどうする！」

　ゴブさんがふたりに喝《かつ》を入《い》れる。しかし、ゴブさんがいるのは、ペペロンの背負《せお》っているリュックの中《なか》だ。さっきから砂漠《さばく》を一歩《いっぽ》も歩《ある》いていない。

「あんた、人《ひと》に言《い》える状況《じょうきょう》か…」

マヨネは、仏頂面《ぶっちょうづら》でゴブさんをにらんだ。

「足《あし》をくじいたんじゃ。若《わか》さゆえの過《あやま》ちというべきか、若《わか》さゆえの……」

「そこから引《ひ》きずり降《お》ろされたくなければ黙《だま》りなさいっ」

すると、最後尾《さいこうび》にいたチャップがみんなに言《い》った。

「これも姫《ひめ》のためだ。仕方《しかた》ないんだ！」

「姫《ひめ》」という言葉《ことば》に、マヨネはあからさまに不機嫌《ふきげん》になった。

（はぁぁ？　なんで私《わたし》が姫《ひめ》のために砂漠《さばく》を歩《ある》かなきゃいけないわけ？　やってらんねー）

とでも言《い》いたげだ。

「チャップさんは、姫《ひめ》に惚《ほ》れてるでごわす」

ペペロンがチャップを冷《ひ》やかす。

「ペペロン！　オレはぁ…」

「プリケツの虜《とりこ》でごわす」

「ううん、それ、言《い》うなよ…」

顔《かお》を赤《あか》らめてモジモジするチャップに、マヨネは怒《いか》り心頭《しんとう》でブチギレた。

「そこーっ！　なに頬赤《ほおあか》らめてんのよっ！　そうよっ、もとはと言《い》えば、チャップがあんなバカ女《おんな》のお願《ねが》いをきくからでしょ！　バカ女《おんな》の！！！」

「ちがう！　メローラ姫《ひめ》はそんなんじゃない！　まぁ、ちょっとわがままなとこあるけど、それがまた魅力《みりょく》っていうかぁなんていうか、そのぉ…ムフフッ、ムフフッ……」

メローラ姫《ひめ》の名前《なまえ》を口《くち》にすると、いつ、どんなときでもチャップの妄想《もうそう》スイッチがオンになる。しゃく熱《ねつ》の砂漠《さばく》だろうが、極寒《ごっかん》の氷《こおり》の大地《だいち》だろうが関係《かんけい》ない。あんなことや、こんなこと、いや〜ん、そんなことまでしちゃうのぉ…とデレデレのモジモジになるのだ。

マヨネは、そんなチャップに絶対零度《ぜったいれいど》の冷《ひ》ややかな視線《しせん》を浴《あ》びせた。

「あんなののどこがいいのか。そもそもチャップが無理《むり》なクエスト引《ひ》き受《う》けるからよぉ」

「プリケツの虜《とりこ》でごわす」

「ちょっと、聞《き》いてるの、チャップ？」

一度《いちど》、妄想《もうそう》スイッチが入《はい》ると、チャップは周囲《しゅうい》がまるで見《み》えなくなる。脳内《のうない》はまさにピンクのお花畑状態《はなばたけじょうたい》だ。

「ムフフゥッ、ムフフゥッ」

すると突然《とつぜん》、砂《すな》の中《なか》からモンスターが勢《いきお》いよく現《あらわ》れた。

「イヤッフゥーッ！　お前《まえ》らここで死《し》んでもらうんで。フゥッ！」

ノリの軽《かる》いこのモンスターは、サソリのように大《おお》きなハサミととがった尻尾《しっぽ》を持《も》ち、パイロットのようなゴーグルをつけている。チャップは、ポケットからスナックワールドのスマートフォン、『**フェアリポン**』を取《と》り出《だ》して検索《けんさく》を始《はじ》めた。

「サソリ型《がた》か。名前《なまえ》は…『**スコーピオン**』っていうらしい」

サソリのスコーピオン、見《み》たままの名前《なまえ》だ。

「そこをどけっ！　オレたちはお前《まえ》なんかの相手《あいて》をしている暇《ひま》はないんだ！」

「はあぁ？　オマエら、俺様《おれさま》よりも強《つよ》いって前提《ぜんてい》で話《はな》してない？　マジでめでたいヤツら」

スコーピオンは、ハサミをカスタネットのようにカチャカチャ鳴《な》らした。

「だって、全然強《ぜんぜんつよ》そうじゃないじゃん」

マヨネの言葉《ことば》にチャップが続《つづ》いた。

「だね！　というわけで、先急《さきいそ》ぐから」

手《て》を振《ふ》って歩《ある》き出《だ》すと、スコーピオンは、慌《あわ》ててチャップたちを引《ひ》き留《と》めた。

「ちょっ、待《ま》てよ！　待《ま》てって。俺様《おれさま》がどんな能力《のうりょく》を持《も》ってるか知《し》らねーだろ」

「知《し》らない」

「興味《きょうみ》ないしー」

「知《し》る必要《ひつよう》もないでごわす」

「じゃあなー」

スコーピオンを完全放置《かんぜんほうち》するチャップたちに、

「そこは知《し》っとこーぜ。豆知識大事《まめちしきだいじ》！　合《ごう》コンとかで超《ちょう》モテるから。いくぜ！」

と、スコーピオンはいきなりヒップホップ調《ちょう》のリズムを刻《きざ》み始《はじ》めた。

「俺様《おれさま》はこのスコープでどんな遠《とお》くでも見通《みとお》せる力《ちから》があるんだぜぇ、YEAH《イェー》！」

スコーピオンという名前《なまえ》の通《とお》り、ゴーグルがスコープになっているらしい。

「そんなの強《つよ》さと全然《ぜんぜん》カンケーないし」

どーでもいいという感《かん》じで歩《ある》くマヨネのすぐ横《よこ》で、チャップが突然立《とつぜんた》ち止《ど》まった。

「待《ま》てよ。どんな遠《とお》くでも見《み》えるって言《い》った？　じゃあさじゃあさ、今《いま》メローラ姫《ひめ》が何《なに》してるかも見《み》える？」

と、鼻息《はないき》を荒《あら》くしてスコーピオンのもとに飛《と》んで帰《かえ》る。スコーピオンは張《は》り切《き》ってハサミを鳴《な》らした。

「もちろんだぜ！　どれどれ…なはっ！　超《ちょう》ラッキー！　**『エステマッサージ中《ちゅう》です』**みたいなぁ。タオル一枚掛《いちまいか》けただけのスッポンポンポーンッみたいなぁ。あぁ超《ちょう》ヤベー、あぁもう超《ちょう》ヤベー」

こんな話《はなし》を聞《き》いたら、チャップの妄想《もうそう》はもう止《と》まらない。エステマッサージを受《う》けるメローラ姫《ひめ》のセクシィ～なくびれを思《おも》い描《えが》き、スコーピオンと一緒《いっしょ》になって体《からだ》をくねらせ大《おお》はしゃぎだ。

「うわぁ、マジ!?　超《ちょう》ヤベー超《ちょう》ヤベー」

「超《ちょう》ヤベー超《ちょう》ヤベー　ちょっ、待《ま》てよ。超《ちょう》ヤベー」

「すげ――――っ！　見《み》せて見《み》せて見《み》せてー！」

チャップの言葉《ことば》に、スコーピオンはピタリと動《うご》きを止《と》めた。

「え……？」

「ちょっとだけでいいから見《み》せてよーっ！　そのメガネみたいなの貸《か》してー」

「あ、いや、ガチでムリ」

「え？」

「てか、コレ取《と》れねーし。ハハッ。見《み》れるの俺様《おれさま》だけ」

「へぇ……」

一気《いっき》にテンションの下《さ》がったチャップは、背中《せなか》のソードを抜《ぬ》くと、軽《かる》く構《かま》えてそのまま
ズババッ！　スコーピオンを一撃瞬殺《いちげきしゅんさつ》！　完全《かんぜん》にのびてピクピクしている哀《あわ》れな砂漠《さばく》のモンスターをソードでツンツンしてみるが、スコープは取《と》れそうにない。

「仕方《しかた》ない、あきらめるか。オレのばあちゃんは言《い》った！　**男《おとこ》はあきらめが肝心《かんじん》、女《おんな》はく**
びれが肝心《かんじん》！」

これは、チャップの口《くち》ぐせ、チャップの祖母《そぼ》とめさんの**『ばあちゃん語録《ごろく》』**のひとつである。

「さすがチャップさんのばあちゃんでごわす」

「どういう教《おし》えなんだか…」

感心《かんしん》するペペロンの横《よこ》で、マヨネは呆《あき》れて呟《つぶや》いた。

「さてと、一応《いちおう》撮《と》っておこう」

チャップは、ポケットからフェアリポンを取《と》り出《だ》した。

負《ま》けを認《みと》めたモンスターをフェアリポンで撮影《さつえい》することで、『**スナック**』登録《とうろく》できるのだ。スナック登録《とうろく》したモンスターは、フェアリポンで呼《よ》び出《だ》して戦《たたか》わせることもできる。

チャップは、倒《たお》れたスコーピオンをパチリと撮影《さつえい》した。すると、フェアリポンからスコーピオンが描《えが》かれたクリスタルのプレートが出《で》てきた。スコーピオンのスナックだ。

「よーしっ！　スコーピオンゲット!!」


チャップたちは、さらに砂漠《さばく》を進《すす》んだ。ギラギラと照《て》りつける太陽《たいよう》、果《は》てしなく続《つづ》く砂《すな》の大地《だいち》、もう気力《きりょく》も体力《たいりょく》も底《そこ》を尽《つ》きた。

「あぁぁ、もう限界《げんかい》だぁ、雲《くも》がケーキに見《み》えてきた」

ついに幻覚《げんかく》を見始《みはじ》めたチャップは、そのままバタンと倒《たお》れてしまった。すると、ペペロンもバタン、ゴブさんもバタン、そして、頑張《がんば》り屋《や》のマヨネまでが、

「ア、ア、アタシも、もう限界《げんかい》……」

バタン……なんと、チャップのパーティーはボスキャラにたどり着《つ》く前《まえ》に全滅《ぜんめつ》!? こんなのあり!? 冒険《ぼうけん》もここで終《お》わりってこと!?

すると、チャップの身体《からだ》がピクリと動《うご》いた。

「……オレは、こんなところで終《お》わるわけにはいかないんだ……」

焼《や》けるように熱《あつ》い砂《すな》の上《うえ》で、チャップの脳裏《のうり》にあのときの光景《こうけい》がよみがえった。あの夜《よる》も、こんなふうに熱《あつ》かった、村《むら》が焼《や》かれていく炎《ほのお》の熱《ねつ》で……。

××××××

悪徳商人《あくとくしょうにん》ビネガー・カーンは、ドラゴンの背中《せなか》に寝《ね》そべって、燃《も》えゆく村《むら》の中《なか》をねり歩《ある》いていた。アラビア風《ふう》の装《よそお》いで、頭《あたま》にターバンを巻《ま》き、でっぷりとしたお腹《なか》の上《うえ》で大《おお》きな宝石《ほうせき》のついたネックレスをジャラジャラと揺《ゆ》らしている。すると、どこからか、両親《りょうしん》を探《さが》し泣《な》き叫《さけ》ぶ子供《こども》の泣《な》き声《ごえ》が聞《き》こえてきた。ビネガーは部下《ぶか》たちに言《い》った。

「ほーら、まだあそこに残《のこ》っていますよ、生《なま》ゴミが」

幼《おさな》いチャップは、ひとり、変《か》わり果《は》てた村《むら》をさまよっていた。

「村《むら》のみんなは……？」

泣《な》きながら問《と》うチャップにビネガーは答《こた》えた。

「はい？　ゴミですか。ちゃーんと焼《や》きましたよ。きれいさっぱりね。ウヒャッ、ウヒャヒャヒャヒャヒャッ！」

ビネガーは自慢《じまん》の総金歯《そうきんば》を見《み》せ、豪快《ごうかい》に笑《わら》った。

チャップの故郷《こきょう》の村《むら》は、ビネガーのリゾート計画《けいかく》に反対《はんたい》し、立《た》ち退《の》き命令《めいれい》を拒否《きょひ》したために、ビネガーによって破壊《はかい》され焼《や》き払《はら》われてしまったのだ。チャップがおつかいから戻《もど》ったときには、村《むら》は火《ひ》の海《うみ》だった。

家《いえ》に戻《もど》ると、炎《ほのお》の中《なか》で母《はは》が倒《たお》れていた。母《はは》は、村《むら》に火《ひ》の手《て》があがっても、チャップの帰《かえ》りを待《ま》ち続《つづ》けていたのだ。幼《おさな》い我《わ》が子《こ》とはぐれてはいけないと……。

炎《ほのお》の中《なか》、倒《たお》れる母《はは》を細《ほそ》い腕《うで》に抱《かか》え、チャップは泣《な》き叫《さけ》んだ。

「母《かあ》ちゃん、母《かあ》ちゃー――んっ」

××××××

砂漠《さばく》で倒《たお》れていると、あの日《ひ》の悔《くや》しさ、無念《むねん》さが痺《しび》れるようによみがえってきた。

「オレたちの村《むら》はアイツにつぶされたんだ。みんな、平和《へいわ》に暮《く》らしていたのに……チッキショ――――ッ！」

全身《ぜんしん》の力《ちから》を振《ふ》り絞《しぼ》って、チャップは立《た》ち上《あ》がった。そして、意識《いしき》を失《うしな》っているマヨネとペペロン、ゴブさんを抱《かか》え、砂漠《さばく》の道《みち》を一歩《いっぽ》ずつ踏《ふ》みしめながら、再《ふたた》び歩《ある》き出《だ》した。

「そうさ、オレはこんなところでくたばってなんていられないんだ。アイツのところへたどり着《つ》くまでは！」

チャップは前《まえ》へ前《まえ》へと進《すす》んだ。すると、目《め》の前《まえ》に小《ちい》さな湖《みずうみ》とヤシの木《き》、そして自動販売《じどうはんばい》機《き》の列《れつ》が見《み》えてきた。今度《こんど》は幻《まぼろし》じゃない、正真正銘《しょうしんしょうめい》のオアシスだ！

「もうダメかと思《おも》ったけど、チャップのクソ力《ぢから》、すごいよ!!」

オアシスに到着《とうちゃく》し、マヨネとペペロンとゴブさんはジュースを立《た》て続《つづ》けに10本《ぽん》以上《いじょう》飲《の》んで、ようやく回復《かいふく》した。

「オレたちがこうしている間《あいだ》にも、アイツは、ビネガー・カーンは、この大陸《たいりく》を薄汚《うすぎたな》い欲《よく》望《ぼう》でむしばんでいるんだ。アイツだけは許《ゆる》せない。オレは誓《ちか》ったんだ。復讐《ふくしゅう》は必《かなら》ずする！ ゼッタイする！ カンゼンカンペキにする！」

意気込《いきご》むチャップと一緒《いっしょ》に、マヨネも立《た》ち上《あ》がった。

「そうだっ！ そのときの悔《くや》しさを忘《わす》れるんじゃないっ！」

「10倍返《ばいがえ》し、100倍返《ばいがえ》し！ 1000倍返《ばいがえ》しだ――っ！ 急《いそ》がなきゃ！ オレは立《た》ち止《ど》まってなんかいられないんだ！」

チャップはフェアリポンにスナックをセットすると、「ブタ子《こ》！」と叫《さけ》んで、ブタ鼻《ばな》のドラゴン、ブタ子《こ》を召喚《しょうかん》した。

ブタ子《こ》は、4人《にん》の冒険《ぼうけん》のお供《とも》をする見習《みなら》いドラゴン。いつもは小《ちい》さな肩乗《かたの》りサイズだが、空《そら》を飛《と》ぶときは、チャップたち4人《にん》を乗《の》せることができるくらい大《おお》きくなる。

さあ、仲間《なかま》とともにひとっ飛《と》び!!

目指《めざ》せ、ヘビーテンプラー神殿《しんでん》！ 待《ま》ってろ、メドゥーサッ！

3　ヘビーテンプラー神殿《しんでん》　いざ、メドゥーサ討伐《とうばつ》！

青空《あおぞら》の遥《はる》かかなた、稲光《いなびかり》の光《ひか》る黒《くろ》い雲《くも》に覆《おお》われた崖《がけ》のいただきに、メドゥーサの棲《す》むヘビーテンプラー神殿《しんでん》が見《み》えてきた。石《いし》の階段《かいだん》が続《つづ》く神殿《しんでん》の正面《しょうめん》には大《おお》きなメドゥーサの顔《かお》が彫《ほ》られ、暗《くら》く先《さき》の見《み》えない入口《いりぐち》は、今《いま》にも冒険者《ぼうけんしゃ》を飲《の》み込《こ》んでしまいそうだ。

チャップたちは気合《きあい》で神殿《しんでん》を突《つ》き進《すす》み、一番奥《いちばんおく》のメドゥーサの部屋《へや》にたどり着《つ》いた。

「オレならできる、メドゥーサ討伐《とうばつ》！　キミにもできるメドゥーサ討伐《とうばつ》ぅ！」

ヘビのとぐろ文様《もんよう》の大《おお》きな扉《とびら》の前《まえ》で、チャップは意気込《いきご》んだ。

「よーしっ、さっさと片付《かたづ》けちゃいましょう！」

マヨネの掛《か》け声《ごえ》に、チャップたちは「オーッ！」と雄叫《おたけ》びをあげ、重《おも》い扉《とびら》を押《お》し開《あ》けた。

大《おお》きな丸《まる》い鏡《かがみ》が怪《あや》しく光《ひか》る暗《くら》くて広《ひろ》い部屋《へや》。その一番奥《いちばんおく》でうごめく巨大《きょだい》な影《かげ》……チャップの10倍《ばい》、いや100倍《ばい》、いや1000倍《ばい》はある巨大《きょだい》な怪物《かいぶつ》、メドゥーサだ。

メドゥーサは、全身《ぜんしん》をぬらぬらしたヘビの鱗《うろこ》に覆《おお》われたヘビ女《おんな》。上半身《じょうはんしん》は人間《にんげん》、下半身《かはんしん》は巨大《きょだい》なヘビ、鬼《おに》のような女《おんな》の顔《かお》に、髪《かみ》の毛《け》の代《か》わりに頭《あたま》から無数《むすう》のヘビが生《は》えている。重《おも》たい尻尾《しっぽ》を引《ひ》きずって動《うご》くたびに、鱗《うろこ》が床《ゆか》に擦《こす》れるイヤな音《おと》が暗《くら》い神殿《しんでん》に響《ひび》く。

「グエエエエ――――ッ」

メドゥーサのうなり声《ごえ》に、柱《はしら》の陰《かげ》に身《み》を潜《ひそ》めていたチャップたちはガタガタと震《ふる》えた。

「誰《だれ》、さっさと片付《かたづ》けるとか言《い》ってたの？」

「マヨネさんでごわす」

すると、メドゥ〜サがズルズルと大《おお》きな尻尾《しっぽ》を引《ひ》きずってこちらに近《ちか》づいてきた。

「うわぁぁ、こうなったら先手必勝《せんてひっしょう》！」

チャップは、ゴブさんを押《お》し出《だ》した。ゴブさんは、あれよあれよとメドゥーサの大《おお》きな体《からだ》の真下《ました》まで転《ころ》がっていった。メドゥーサの目《め》が、ギロリと哀《あわ》れなモンスターを見下《みお》ろす。

「な、な、なんと……こうなればワシの最強呪文《さいきょうじゅもん》！　食《く》ら…」

と、両手《りょうて》に炎《ほのお》を出現《しゅつげん》させたときだった。メドゥーサの目《め》から出《で》た赤《あか》い光線《こうせん》がゴブさんを貫《つらぬ》いた。

ピッキ――――ンッ！

ゴブさんは、玉座《ぎょくざ》の間《ま》の兵士《へいし》と同《おな》じように一瞬《いっしゅん》で石《いし》になってしまった……。

物陰《ものかげ》から様子《ようす》をうかがっていたチャップがマヨネに真顔《まがお》で言《い》った。

「オレの仮説《かせつ》だが、あの光《ひかり》を浴《あ》びると石《いし》になるんじゃないだろうか」

「え、今《いま》ごろ、それ気付《きづ》いた？」

「メドゥーサめ、よくも仲間《なかま》を！　許《ゆる》せん!!」

「ていうか完全《かんぜん》にあなたのせいなんですけどぉ……」

チャップは、フェアリポンにスナックをセットすると、「スコーピオン！」と叫《さけ》んだ。

すると、さっき砂漠《さばく》で捕《つか》まえたスコーピオンが部屋《へや》の真《ま》ん中《なか》にノリノリで出現《しゅつげん》した！

「スコーピオンだぜぇ！」

が、現《あらわ》れるとほぼ同時《どうじ》に、スコーピオンもメドゥーサの餌食《えじき》になってしまった。スコーピオンではなくストーンピオンのできあがりだ。

「またも尊《とうと》い犠牲《ぎせい》が！　こうなったら覚悟《かくご》を決《き》めろ、みんな、戦闘開始《せんとうかいし》だ！」

チャップは思《おも》い切《き》ってメドゥーサの前《まえ》に飛《と》び出《だ》した。ペペロンとマヨネも一度《いちど》は飛《と》び出《だ》したものの、すぐに逃《に》げ戻《もど》ってしまった。

「シャアアアー、ドゥシャアアアア――――」

メドゥーサは、チャップを威嚇《いかく》するように先《さき》がふたつに割《わ》れた長《なが》い舌《した》を出《だ》した。

「メドゥーサ、オレのばあちゃんは言《い》った！　**蛇《へび》は皮《かわ》がむけて大人《おとな》の階段《かいだん》を上《のぼ》っていく！**

と」

チャップは勢《いきお》いだけで意味不明《いみふめい》な格言《かくげん》を言《い》ってみたが、ほんとはブルブルのガチガチ、完全《かんぜん》に正気《しょうき》を失《うしな》っている。しかし、マヨネとペペロンの応援《おうえん》で気《き》を取《と》り直《なお》し、

「メドゥーサよ、お前《まえ》の力《ちから》は１００％《パーセント》、１０００％《パーセント》把握《はあく》した！　ここで終《お》わりだ、覚悟《かくご》しろ！」

と、クリスタルソードとミラーシールドの**『ジャラ』**をフェアリポンにかざした！　ジャラとは、フェアリポンを使《つか》って武器《ぶき》やアイテムなどをキーホルダーサイズ化《か》したもので、フェアリポンを使《つか》えば元《もと》のサイズに戻《もど》すことができる超便利《ちょうべんり》アイテム。武器《ぶき》をジャラジャラとたくさん持《も》ち歩《ある》くことができるのだ。

「クリスタルソード！　ミラーシールド！」

チャップが装着《そうちゃく》したのは、高級《こうきゅう》ブランドの**『ブリタニア・エンチャント』**製《せい》クリスタルソードとミラーシールドだ。このお高《たか》い武器《ぶき》を、チャップはなんとコンビニの一発《いっぱつ》くじでゲットした。クリスタルソードは硬《かた》い水晶《すいしょう》でできていて、ミラーシールドには光《ひかり》を反射《はんしゃ》する鏡《かがみ》がついている。

チャップはソードとシールドを構《かま》えた。さあ、いよいよ戦《たたか》いの始《はじ》まりだ！

チャップは、メドゥーサの目《め》から出《で》る石化光線《せっかこうせん》を、ミラーシールドで、見事跳《みごとは》ね返《かえ》した。

「メドゥーサ、覚悟《かくご》しろ！」

よーしっ、反撃開始《はんげきかいし》！　と思《おも》ったそのとき……あれ？　おかしい……足《あし》が重《おも》くて動《うご》かない。チャップは、足元《あしもと》を見《み》てビックリ、さらに頭《あたま》が重《おも》すぎてガックリ。

「チャップさーん、足《あし》と頭《あたま》の先《さき》っぽが若干石《じゃっかんいし》っぽくなっているでごわす」

物陰《ものかげ》から見《み》ていたペペロンが叫《さけ》んだ。

「盾《たて》からはみ出《だ》してたんだね…」

マヨネの言《い》う通《とお》り、盾《たて》でカバーしきれなかった部分《ぶぶん》が石化《せっか》してしまったのだ。メドゥーサは長《なが》く大《おお》きな尻尾《しっぽ》を振《ふ》り上《あ》げると、床《ゆか》に叩《たた》き付《つ》けた。

「ヒエ―――ッ」

チャップの真横《まよこ》の床《ゆか》が崩《くず》れる。でも、ダメダメ！　まだ終《お》わってない。

「オレは誓《ちか》ったんだ。どんな困難《こんなん》にも負《ま》けないって！」

チャップはバカ力《ぢから》を発揮《はっき》して重《おも》たい石《いし》の足《あし》を持《も》ち上《あ》げ、一歩《いっぽ》ずつメドゥーサに向《む》かっていく。

「オレなら勝《か》てる、絶対勝《ぜったいか》てる、カンゼンカンペキに勝《か》てる！　タブン！」

と、クリスタルソードを構《かま》え、メドゥーサの眉間《みけん》めがけて飛《と》び込《こ》んだ！

「必殺《ひっさつ》！　ストーンヘッドローリングスラ――ッシュ！」

しかし、軽《かる》く手《て》で払《はら》いのけられ、チャップは壁《かべ》までふっ飛《と》ばされた。

「うぐぐぅ、オレの必殺技《ひっさつわざ》が通用《つうよう》しないなんて……」

チャップはペペロンに万能軟膏《ばんのうなんこう》を塗《ぬ》ってもらい、石化《せっか》を溶《と》かしながらメドゥーサの攻略《こうりゃく》法《ほう》をネットで検索《けんさく》した。

「そんなもの調《しら》べたって簡単《かんたん》に出《で》てくるわけな…」

マヨネは突っ込《こ》もうとしたが、すぐにメドゥーサ攻略《こうりゃく》サイトにたどり着《つ》いた。

「ミラーシールドで石化《せっか》を防《ふせ》ぐのは初心者《しょしんしゃ》。上級者《じょうきゅうしゃ》は石化光線《せっかこうせん》を反射《はんしゃ》してメドゥーサ自身《じしん》を石化《せっか》させるだって」

「すごーいっ、じゃあ、さっそくその作戦《さくせん》を！　って、あれ？　ミラーシールドは？」

ガビーンッ！　ミラーシールドはメドゥーサの足下《あしもと》に転《ころ》がっている。

「誰《だれ》かがアレを取《と》りにいかないと。ここはひとつ公平《こうへい》にじゃんけんで決《き》めよう！」

「そんなのずるい！　もとはと言《い》えばチャップがシールドを投《な》げ捨《す》てたから…」

「じゃーんけーんぽんっ！」

チャップのペースに巻《ま》き込《こ》まれ、結局《けっきょく》マヨネもじゃんけんに参加《さんか》し、負《ま》けてしまった。

「イヤ――――ッ！」

「頼《たの》んだぞマヨネ、オレはマヨネを信《しん》じてるっ！」

やたらと勇者《ゆうしゃ》ぶったチャップに送《おく》り出《だ》され、マヨネは怖《こわ》がりながらも、魔法《まほう》の杖《つえ》から炎《ほのお》を出《だ》しまくって、石化光線《せっかこうせん》を避《よ》けまくって、全速力《ぜんそくりょく》！　なんとかミラーシールドにたどり着《つ》いた。

「で？　で？　このあとどーすんのよー？」

「えっと、石化光線《せっかこうせん》を跳《は》ね返《かえ》すのは５ｍ《メートル》以内《いない》でメドゥーサの光《ひかり》を受《う》ける必要《ひつよう》があるって書《か》いてあるよ」

「のんきなこと言《い》うな！　アホかっ！！！　できるわけないでしょっ」

その間《かん》にもメドゥーサはじりじりとマヨネとの距離《きょり》を詰《つ》めてくる。

「マヨネさん、大《だい》ピンチでごわす！」

「あっそうだ。マヨネ、こっち！」

チャップは石化《せっか》したゴブさんの方《ほう》にマヨネを呼《よ》んだ。マヨネはミラーシールドを持《も》って全速力《ぜんそくりょく》で走《はし》り、ゴブさんの後《うし》ろに隠《かく》れた。チャップは石《いし》のゴブさんにミラーシールドを持《も》たせ、ゴブさんのマネをしてメドゥーサを挑発《ちょうはつ》する。

「おやおや、石化光線《せっかこうせん》の力《ちから》が弱《よわ》かったようじゃのぉ。石化《せっか》してもしゃべれるぞい！」

それを聞《き》いたメドゥーサは、激怒《げきど》してゴブさんに石化光線《せっかこうせん》を浴《あ》びせた。

すると、光線《こうせん》はミラーシールドで跳《は》ね返《かえ》りメドゥーサを直撃《ちょくげき》！　作戦《さくせん》、大成功《だいせいこう》！

チャップたちは見事《みごと》、メドゥーサを石化《せっか》することができた。

「メドゥーサを倒《たお》したでごわす！」

魔力《まりょく》が解《と》け、ゴブさんも元《もと》に戻《もど》った。さぁ、今《いま》のうちにパープルアイをゲットだ！　って思《おも》ったけど、メドゥーサが石《いし》になっちゃってて、パープルアイ、ゲットできないよ!!

チャップは、今度《こんど》はメドゥーサの石化《せっか》を解《と》く方法《ほうほう》をネットで調《しら》べた。

「メドゥーサは石化《せっか》への耐性《たいせい》があって、万《まん》が一《いち》、石化《せっか》しても30秒《びょう》で解《と》けるって。よかった、これでパープルアイをゲットできるぞ！」

「え、でもそれって…」

マヨネはイヤな予感《よかん》がした。つまり、ってことは……と、チャップたちの視界《しかい》が暗《くら》くなる。すぐ後《うし》ろには、巨大《きょだい》な影《かげ》が……ガチブルで恐《おそ》る恐《おそ》る振《ふ》り返《かえ》ると、メドゥーサが尻尾《しっぽ》を固《かた》くしていきり立《た》っていた。

「ドゥオッシャ――――ッ！！！」

「うわぁ――――――！！！！」

4　過激《かげき》なシンデレラ登場《とうじょう》！

メドゥーサに敗《やぶ》れ、全滅《ぜんめつ》したチャップたちは、お城《しろ》に呼《よ》ばれた。

「チャップ、やられてしまうとはふがいない」

王様《おうさま》の言葉《ことば》に、マヨネは、マジ切《ぎ》れ２秒前《びょうまえ》。

「はぁあ？？？」

「マ、マヨネさん、相手《あいて》は王様《おうさま》でごわすっ」

ペペロンは慌《あわ》てて止《と》めたが、時《とき》すでに遅《おそ》し。

「オーサマ!!　大変《たいへん》な仕事《しごと》を全部《ぜんぶ》チャップに任《まか》せるのやめてもらえませんかっ！」

「うーん、確《たし》かにあの凶悪《きょうあく》なメドゥーサを倒《たお》せと無理難題《むりなんだい》を押《お》し付《つ》けたワシにも責任《せきにん》はある。しかし実《じつ》のところパピーとしてのメンツもあり、どうしてもパープルアイを手《て》に入《い》れにゃならんのだ」

「ていうかー、なんで私《わたし》がわがまま姫《ひめ》のためにぃ」

と、メローラ姫《ひめ》の方《ほう》を見《み》ると、姫《ひめ》は部屋《へや》の隅《すみ》にヨガマットを敷《し》いてスタイル維持《いじ》のためのヨガにはげんでいる。体《からだ》をくねらせ、うっふ〜んとセクシーな息《いき》を漏《も》らして大胆《だいたん》なポーズをとる姫《ひめ》の姿《すがた》に、チャップは頭《あたま》から湯気《ゆげ》を出《だ》しながら吸《す》い寄《よ》せられていく。

「チャップぅぅ、パープルアイまだぁ？？」

両足《りょうあし》を大《おお》きく広《ひろ》げた大胆《だいたん》ポーズで聞《き》いてくる姫《ひめ》に、チャップは犬《いぬ》のようにハァハァしながら答《こた》えた。

「まだぁ」

「アタシ、もう、ゲ・ン・カ・イ」

チャップも、もう、ゲ・ン・カ・イ。カンゼンカンペキ、悩殺《のうさつ》ノックアウトされた。

「そこっ、カニみたいなポーズごときでノックアウトされないっ！」

突《つ》っ込《こ》むマヨネを押《お》しのけて、チャップは王様《おうさま》の前《まえ》に歩《あゆ》み出《で》た。

「王様《おうさま》――――っ、オレもう一回《いっかい》行《い》ってきます！　カンゼンカンペキに行《い》きます!!」

「まぁ待《ま》て。このまま行《い》っても返《かえ》り討《う》ちにあうだけじゃ。そこでお前《まえ》たちに助《すけ》っ人《と》を紹介《しょうかい》しよう！　シンデレラ君《くん》じゃ」

王様《おうさま》が紹介《しょうかい》すると、玉座《ぎょくざ》の後《うし》ろのカーテンに隠《かく》れていた金髪《きんぱつ》の少女《しょうじょ》がチラッと顔《かお》を出《だ》した。ペペロンは、その顔《かお》に見覚《みおぼ》えがあった。

「あの方《かた》は、おいどんたちを助《たす》けてくれた……」

そう、メドゥーサに敗《やぶ》れ石化《せっか》してしまったチャップたちは、黒《くろ》づくめの謎《なぞ》の剣士《けんし》に救《すく》われ町《まち》に戻《もど》った後《あと》、この金髪《きんぱつ》の少女《しょうじょ》に介抱《かいほう》されていたのだ。

少女《しょうじょ》はカーテンに体《からだ》を半分隠《はんぶんかく》し、恥《は》ずかしそうにモジモジしている。

「ちょっと王様《おうさま》、こんな弱《よわ》っちそうな小娘《こむすめ》がどうして助《すけ》っ人《と》になるんですか」

マヨネは王様《おうさま》に訊《き》いた。

「いや、シンデレラ君《くん》は弱《よわ》っちくはないぞ。その昔《むかし》、エリート特殊部隊《とくしゅぶたい》**『ガラスの靴《くつ》』**で特殊《とくしゅ》な訓練《くんれん》を積《つ》み、大隊長《だいたいちょう》にまで上《のぼ》り詰《つ》めた豪傑《ごうけつ》であるぞ」

「え、マジ……!?」

マヨネは信《しん》じられないという感《かん》じで少女《しょうじょ》を見《み》た。少女《しょうじょ》は、細《ほそ》い肩《かた》を震《ふる》わせている。

「いや、本人《ほんにん》ブルってますけど。そもそもエリート特殊部隊《とくしゅぶたい》の人《ひと》がなんでここにいらっしゃるんですか？」

「シンデレラ君《くん》には、過去《かこ》の経験《けいけん》と知識《ちしき》を生《い》かし、現在王国《げんざいおうこく》の兵士訓練《へいしくんれん》を担《にな》ってもらっておるんじゃ。我《わ》が国《くに》の精鋭部隊《せいえいぶたい》じゃぞ」

すると、ゴブさんが、ガラパゴスフォンという古《いにしえ》から伝《つた》わる旧型《きゅうがた》の携帯電話《けいたいでんわ》を取《と》り出《だ》して、シンデレラについて調《しら》べ始《はじ》めた。

「どれどれ。おぉ、出《で》てるぞい。なになに、シンデレラさんは、私設特殊部隊《しせつとくしゅぶたい》ガラスの靴《くつ》のエース指揮官《しきかん》だったが…カクカクシカジカ……つまるところ、伝説《でんせつ》の兵士《へいし》じゃな」

「まぁそういうわけでな、シンデレラ君《くん》に、お前《まえ》たちを鍛《きた》えなおしてもらおうと思《おも》ってな」

「ほんとに大丈夫《だいじょうぶ》ですか、あんなんで」

マヨネは疑《うたが》いの眼《め》で少女《しょうじょ》を見《み》た。すると、王様《おうさま》が軍隊用《ぐんたいよう》の指揮棒《しきぼう》を高《たか》らかに掲《かか》げた。

「これを見《み》るがいい！」

王様《おうさま》はシンデレラに向《む》かって指揮棒《しきぼう》を投《な》げた。

指揮棒《しきぼう》をキャッチすると、少女《しょうじょ》のか細《ぼそ》い身体《からだ》が、突然強《とつぜんつよ》そうなオーラに包《つつ》まれた。そして水色《みずいろ》のドレスを破《やぶ》くように脱《ぬ》ぎ捨《す》てると、迷彩服《めいさいふく》を着《き》て赤《あか》い鉢巻《はちまき》をしたシンデレラが現《あらわ》れた。

「テメエら、メドゥーサごとき相手《あいて》にのこのこ逃《に》げ帰《かえ》ってんじゃねーぞっ！　俺《おれ》がお前《まえ》らの根性《こんじょう》、叩《たた》き直《なお》してくれるわっ！」

声《こえ》まですっかり男《おとこ》になっている。

「もしかして二重人格《にじゅうじんかく》!?　なんかめんどくさいキャラ登場《とうじょう》…」

マヨネは、はぁあっとため息《いき》をついた。

5　シンデレラ・ブートキャンプ

チャップたちは、お城《しろ》にある訓練場《くんれんじょう》のグラウンドで、朝《あさ》イチから全員正座《ぜんいんせいざ》させられていた。シンデレラは精鋭部隊《せいえいぶたい》を率《ひき》いて、チャップたちの前《まえ》に立《た》った。

「いいか、今日《きょう》から俺《おれ》がお前《まえ》たちを鍛《きた》えてやる。これより俺《おれ》を隊長《たいちょう》と呼《よ》べ」

「はい、隊長《たいちょう》！」

元気《げんき》よく答《こた》えたチャップに、シンデレラは言《い》った。

「はい、じゃない！　イエッサーだ！」

「イエッサー！」

「この俺《おれ》がお前《まえ》たちを勝利《しょうり》に導《みちび》いてやる！　いいな！　勝利《しょうり》をその手《て》に！」

「勝利《しょうり》をその手《て》に！」

完全《かんぜん》に雰囲気《ふんいき》に飲《の》まれて、チャップたちは繰《く》り返《かえ》した。

「ところで。なぜお前《まえ》らが負《ま》けたのか、理解《りかい》できているんだろうな。わかるヤツ？」

「はい！　メドゥーサが強《つよ》すぎました！」

元気《げんき》よく答《こた》えたチャップにシンデレラは指揮棒《しきぼう》を突《つ》き付《つ》けた。

「バカモンがーっ！　ダンジョンの奥《おく》にいるボスが強《つよ》いってことは、100万年前《まんねんまえ》から決《き》まっているジョーシキだ！」

「じゃあ、メドゥーサの顔《かお》が怖《こわ》すぎましたっ！」

「どアホッ！　顔《かお》が優《やさ》しいボスキャラがどこにいる！」

シンデレラは、鬼《おに》の形相《ぎょうそう》でチャップをにらみ、指揮棒《しきぼう》を顔《かお》にグリグリ押《お》し当《あ》てた。

「シンデレラ隊長《たいちょう》の顔《かお》もなかなか怖《こわ》いですよねぇ」

チャップの言葉《ことば》に、シンデレラ隊長《たいちょう》のガトリングガンがさく裂《れつ》した！

ズダダダダッ！

チャップは数十m先《すうじゅうメートルさき》の壁《かべ》までふっ飛《と》ばされた。このブートキャンプでは、シンデレラ隊《たい》長《ちょう》に逆《さか》らった者《もの》は、容赦《ようしゃ》なくこのガトリングガンの餌食《えじき》になるのだ。

「いいか、お前《まえ》らが負《ま》けた理由《りゆう》は簡単《かんたん》だ。お前《まえ》らの心《こころ》に負《ま》けるかもしれないという弱《よわ》さがあったからだ！　今日《きょう》からこの俺様《おれさま》が貴様《きさま》らのたるんだ心《こころ》と体《からだ》を鍛《きた》え直《なお》すっ！」

「イエッサー！」

ガトリングガンで焦《こ》げ気味《ぎみ》のチャップだけが、ひとり張《は》り切《き》って答《こた》えた。

特訓《とっくん》1．ランニング

特訓《とっくん》は毎朝《まいあさ》のランニングからスタートする。旗《はた》を持《も》ったチャップを先頭《せんとう》に、仲間《なかま》たち、フレンチトースターの精鋭部隊《せいえいぶたい》が続《つづ》いて、城壁《じょうへき》の周《まわ》りを走《はし》る。伴走《ばんそう》するシンデレラ隊長《たいちょう》の掛《か》け声《ごえ》をみんなは走《はし》りながら繰《く》り返《かえ》す。

オレの父《とう》ちゃん外交官《がいこうかん》♪（オレの父《とう》ちゃん外交官《がいこうかん》♪）

オレの母《かあ》ちゃんピアニスト♪（オレの母《かあ》ちゃんピアニスト♪）
人生《じんせい》（人生《じんせい》）**バラ色《いろ》！**（バラ色《いろ》！）
パンツは（パンツは）**ホワイト！**（ホワイト！）

「こんなんでほんとにメドゥーサに勝《か》てるようになるのぉ……!?」
マヨネは、深《ふか》いため息《いき》をついた。

特訓《とっくん》2．腕立《うでた》て伏《ふ》せに手押《てお》し車《ぐるま》
午前中《ごぜんちゅう》は、ひたすら筋《きん》トレ。ひたすら乳酸《にゅうさん》たまりまくり、早《はや》くも限界寸前《げんかいすんぜん》だ。

特訓《とっくん》3．ロッククライミング
一言《ひとこと》でも愚痴《ぐち》をこぼせば、隊長《たいちょう》のガトリングガンが火《ひ》を放《はな》ち真《ま》っ逆《さか》さま。とにかく上《のぼ》るしかない、地獄《じごく》のクライミング。

そして、ようやく迎《むか》えた休憩時間《きゅうけいじかん》、マヨネはヘロヘロになってシンデレラ隊長《たいちょう》に言《い》った。

「た、隊長《たいちょう》、このままだと死人《しにん》とか出《で》ちゃいますよ」

すると、シンデレラ隊長《たいちょう》は不敵《ふてき》な笑《え》みを浮《う》かべた。

「安心《あんしん》しろ、死《し》んでゾンビになろうとも特訓《とっくん》は続《つづ》くからなっ」

「本気《ほんき》よ、この人《ひと》、本気《ほんき》だわ……」

こうなったら、ゾンビにされる前《まえ》に逃《に》げるしかない！

そこで、チャップたちは深夜《しんや》にお城《しろ》を抜《ぬ》け出《だ》す作戦《さくせん》を決行《けっこう》した。見張《みは》りの目《め》を盗《ぬす》み、抜《ぬ》き足差《あしさ》し足《あし》で裏口《うらぐち》を目指《めざ》す。よーしっ、誰《だれ》もいない！　キッチンを一気《いっき》に走《はし》り抜《ぬ》けて裏口《うらぐち》に到着《とうちゃく》！　扉《とびら》を開《あ》けるぞ！

「やったー！　脱出成功《だっしゅつせいこう》…って……」

目《め》の前《まえ》で、月明《つきあ》かりを浴《あ》びた銃口《じゅうこう》が鈍《にぶ》く光《ひか》った。シンデレラ隊長《たいちょう》のガトリングガンだ。

「夜中《よなか》に動《うご》き回《まわ》る元気《げんき》があるということは、昼間《ひるま》の特訓《とっくん》が生《なま》ぬるかったということかな」

4人《にん》は、冷《ひ》や汗《あせ》タラタラで「おっ、おやすみなさい！」と慌《あわ》てて扉《とびら》を閉《し》めた。

それからも特訓《とっくん》は毎日続《まいにちつづ》いた。綱渡《つなわた》りに重量挙《じゅうりょうあ》げ、水中訓練《すいちゅうくんれん》……そして一週間後《いっしゅうかんご》、ついに全《ぜん》メニューが終了《しゅうりょう》し、チャップたちは初日《しょにち》と同《おな》じお城《しろ》の訓練場《くんれんじょう》に集《あつ》められた。

「これで特訓《とっくん》のメニューはすべて終了《しゅうりょう》だ！　お前《まえ》らはこれより、再《ふたた》びメドゥーサと戦《たたか》う！　怖《こわ》いか？」

「ノーサー！」

「勝《か》ち目《め》はないか？」

「ノーサー！」

「メドゥーサに勝《か》てるんだな」

「イエッサー！」

「よーしっ、ここまで頑張《がんば》ってきたお前《まえ》たちに、この俺《おれ》から褒美《ほうび》をやろう」

と言《い》うと、シンデレラ隊長《たいちょう》は、**『フライングキャット』**というスタイリッシュなブランドのストライプソードⅡ《ツー》をチャップに手渡《てわた》した。マヨネは、ソードを見《み》て目《め》を丸《まる》くした。

「コレ、限定《げんてい》でしか買《か》えないやつじゃない！」

「このブランドはセンスが若《わか》くて、イカしてるでごわすな」

「いいか、コレは、俺《おれ》とお前《まえ》たちの折《お》れない心《こころ》の証《あかし》だ。最後《さいご》まで折《お》れることのない強《つよ》い心《こころ》が生《う》まれた記念《きねん》にお前《まえ》たちに渡《わた》そう。大事《だいじ》に大事《だいじ》に扱《あつか》うんだぞ！」

「イエッサー‼」

一回《ひとまわ》り成長《せいちょう》したチャップたちは、シンデレラ隊長《たいちょう》をスナック化《か》して、今度《こんど》こそメドゥーサを倒《たお》すべく、再《ふたた》びヘビーテンプラー神殿《しんでん》へ向《む》かった。

6　やるぜ！　メドゥーサ討伐《とうばつ》

「なんか負《ま》ける気《き》がしないっ！」

ヘビーテンプラー神殿《しんでん》の前《まえ》に立《た》ったチャップは、特訓《とっくん》の成果《せいか》だろうか、全身《ぜんしん》に力《ちから》がみなぎるのを感《かん》じていた。途中《とちゅう》で遭遇《そうぐう》したモンスター**『ペンギンナイト』**も軽々《かるがる》と倒《たお》しスナック化《か》することができた。マヨネもペペロンもゴブさんも、みんな動《うご》きが俊敏《しゅんびん》になりパワーも倍増《ばいぞう》している。

「メドゥーサ、どんとこいでごわす！」

ところが、一番奥《いちばんおく》の部屋《へや》に着《つ》いてメドゥーサを目《め》の前《まえ》にすると……やっぱり怖気《おじけ》づいてしまいそうになる。

(うわぁぁ、やっぱ負《ま》ける気《き》がしてきた)

しかし、チャップは自分《じぶん》を奮《ふる》い立《た》たせた。

「勝《か》てるさ、だってあれだけの特訓《とっくん》をしたんだ！　体脂肪《たいしぼう》だって大幅《おおはば》に減《へ》ったんだぞ。オレのばあちゃんは言《い》った。**ここで会《あ》ったが100年目《ねんめ》、明日会《あしたあ》っても100年目《ねんめ》！**　メドゥーサよ、今日《きょう》こそ倒《たお》してやるぞ！」

「そうでごわす」

「覚悟《かくご》しなさい！」

「ワシらに狙《ねら》われたのがおぬしの運《うん》の尽《つ》きじゃ」

チャップは、ストライプソードⅡ《ツー》のジャラをフェアリポンでデカ化《か》し装着《そうちゃく》！　オレンジ色《いろ》のストライプがカッコいいそのソードを構《かま》え、メドゥーサに飛《と》びかかった。

「行《い》くぞ、メドゥーサッ！」

イエス！　やっぱり体《からだ》が軽《かる》い！　これは勝《か》てそうな気《き》がする！

「よーしっ、大特訓《だいとっくん》の成果《せいか》斬《ぎ》り!!」

と、チャップはいきなり必殺技《ひっさつわざ》を繰《く》り出《だ》した……が、折《お》れた……折《お》れない心《こころ》の証《あかし》、数量《すうりょう》限定生産《げんていせいさん》のストライプソードⅡ《ツー》が、あっけなく、折《お》れた。

そんなバカな!!

けれど、よくよく考《かんが》えると、ちょっと動《うご》きが早《はや》くなった程度《ていど》でボスキャラに勝《か》てるわけないかもぉ!? 予想通《よそうどお》り、4人《にん》は一撃《いちげき》でふっ飛《と》ばされ、さらに召喚《しょうかん》したモンスター、スコーピオンとペンギンナイトのマイケルも、あっさり石《いし》にされてしまった。

もうダメだ、万策尽《ばんさくつ》きた……そう思《おも》ったとき、暗闇《くらやみ》からガトリングガンが火《ひ》を噴《ふ》いた!

イヤッホーッ! シンデレラ隊長《たいちょう》と精鋭部隊《せいえいぶたい》が駆《か》けつけてくれたのだ。

「隊長《たいちょう》、来《き》てくれたんですね!」

駆《か》け寄《よ》るチャップと仲間《なかま》たちに隊長《たいちょう》は言《い》い放《はな》った。

「お前《まえ》ら、逃《に》げることを考《かんが》えなかったか。折《お》れない心《こころ》の誓《ちか》いはどうした!」

「いや、さっきあっさり折《お》れましたけどぉ」

マヨネの小声《こごえ》の突《つ》っ込《こ》みはスルーされ、隊長《たいちょう》は大声《おおごえ》で言《い》った。

「この期《ご》に及《およ》んで逃《に》げるなどチキンのすることだっ!」

ところが、隊長《たいちょう》が気合《きあい》を入《い》れ直《なお》している間《あいだ》に、精鋭部隊《せいえいぶたい》がいきなり全滅《ぜんめつ》。全員《ぜんいん》、メドゥーサに石《いし》にされてしまったのだ……。

「ふんっ、ならばプランB《ビー》でいこう！」

シンデレラ隊長《たいちょう》は余裕《よゆう》な風《ふう》に言《い》った。

「いよいよ反撃《はんげき》でごわすか」

「いいか、俺《おれ》が合図《あいず》したら二手《ふたて》に分《わ》かれて出口《でぐち》に向《む》かって走《はし》る。無事《ぶじ》にたどり着《つ》くことができたらミッションコンプリート！」

「お言葉《ことば》ですが、隊長《たいちょう》、逃《に》げたらメドゥーサを倒《たお》せません」

「チャップ、お前《まえ》はなんとしても生《い》きるんだ。生《い》きてさえいれば、また笑《わら》える日《ひ》が来《く》る」

と、隊長《たいちょう》は感動《かんどう》のセリフで、みんなを丸《まる》め込《こ》んだ。

「カウント3《スリー》でいくぞ。3、2、1　ゴーッ！」

「イエッサー――――ッ」

チャップたちは勢《いきお》いよく出口《でぐち》に向《む》かって走《はし》り出《だ》した。が、しかし、目《め》の前《まえ》に巨大《きょだい》な影《かげ》が立《た》ちはだかり……え――――っ、ウソでしょ!?　また負《ま》けちゃうの!?

「うわぁ―――――!!!!」

翌朝《よくあさ》、チャップたちは、シンデレラの家《いえ》で目覚《めざ》めた。すっかり元《もと》のシャイな女《おんな》の子《こ》に戻《もど》ったシンデレラが、惨敗《ざんぱい》したチャップたちを覗《のぞ》き見《み》て、クスッと笑《わら》った。

7 ピノキオ バージョン3・0登場《とうじょう》

「はぁ、あり得《え》ない! 同《おな》じモンスターに2度《ど》も負《ま》けるなんてありえない! どんなに手《て》ごわい相手《あいて》でもアニメの主人公《しゅじんこう》ならいろいろ成長《せいちょう》して2回目《かいめ》は勝《か》つでしょ、フツー!」

マヨネは、カンゼンカンペキに不機嫌《ふきげん》だ。特訓《とっくん》の成果《せいか》もむなしくメドゥーサに負《ま》けてフレンチトースターに戻《もど》ったチャップたちは、町《まち》の広場《ひろば》で作戦会議《さくせんかいぎ》をしていた。

「心配《しんぱい》すんな、マヨネ。次《つぎ》こそ絶対《ぜったい》メドゥーサに勝《か》つ」

「なんか対策《たいさく》でもあるわけ!?」

「対策《たいさく》はぁ……前《まえ》より頑張《がんば》る! うん、前《まえ》より頑張《がんば》る!」

「だから、そういうのをノープランっていうのっ！　自信《じしん》がないから2回言《かいい》ったでしょ」

「確《たし》かになんらかの対策《たいさく》を立《た》てないと、勝《か》てる見込《みこ》みはなさそうじゃなぁ」

ゴブさんが口《くち》を挟《はさ》み、ペペロンも続《つづ》いた。

「地道《じみち》に弱《よわ》いモンスター倒《たお》して、経験値《けいけんち》を稼《かせ》ぐとかでごわすかね？」

「そんな時間《じかん》はない！　今《いま》、こうしている間《あいだ》にも、メローラ姫《ひめ》はずっと欲《ほ》しかったメドゥーサのパープルアイが手《て》に入《はい》らなくて、悲《かな》しんでいるはず。食《た》べ物《もの》も喉《のど》を通《とお》らなくなって、日《ひ》に日《ひ》に痩《や》せていって、そんな姿《すがた》を想像《そうぞう》すると……」

チャップの脳内《のうない》に、お城《しろ》の窓辺《まどべ》に立《た》ち物憂《ものう》げにため息《いき》をつくメローラ姫《ひめ》が浮《う》かぶ。

「それはそれで、セクシーだなぁ……」

ニヤニヤして妄想《もうそう》にふけるチャップに、マヨネはハリセンを一発食《いっぱつく》らわせた。

「顔《かお》が気色悪《きしょくわる》いっ！」

「まぁ、一番手《いちばんて》っ取《と》り早《ばや》いのは、武器《ぶき》の調達《ちょうたつ》じゃな」

「それだ！　さっそく、武器屋《ぶきや》へ行《い》くぞ！」

ゴブさんの言葉《ことば》にチャップは張《は》り切《き》って歩《ある》き出《だ》した。

チャップたちは、『WEAPON《ウエポン》』と大《おお》きく書《か》いてあるオレンジ色《いろ》のとんがり屋根《やね》が目《め》立《だ》つ建物《たてもの》の前《まえ》に到着《とうちゃく》した。ここは、カルボナーラが経営《けいえい》する武器屋《ぶきや》。栗最中《くりもなか》を持《も》って行《い》けば割引《わりびき》をしてくれるとネットに書《か》かれていたので、チャップたちも4時間並《じかんなら》んで栗最中《くりもなか》をゲットしてきたが、店《みせ》の前《まえ》には残念《ざんねん》な貼《は》り紙《がみ》が貼《は》られていた。

リフレッシュ休暇《きゅうか》のため、店主《てんしゅ》カルボナーラは留守《るす》です
店主留守《てんしゅるす》の間《あいだ》、ピノキオ（VERSION《バージョン》3・0）が接客《せっきゃく》をいたします

「ピノキオって？」

首《くび》を傾《かし》げるチャップにマヨネが答《こた》えた。

「私《わたし》、知《し》ってる！　ゼペット社《しゃ》が開発《かいはつ》したアンドロイドよ。もともとお年寄《としよ》りのお世話用《せわよう》に作《つく》られたから、温《あたた》かみがあって、よく働《はたら》くお利口《りこう》なロボットのはず」

「かわいらしい木《き》の人形型《にんぎょうがた》ロボに違《ちが》いないでごわす」

「だとすると、ワシらの気持《きも》ちもわかって、割引《わりびき》してくれるかもじゃな」

と、一行《いっこう》はちょっとワクワクしながら店内《てんない》に入《はい》った。すると、山小屋《やまごや》のような雰囲気《ふんいき》の店内《てんない》には似《に》つかわしくない、近未来感満載《きんみらいかんまんさい》の無機質《むきしつ》な白《しろ》いロボットがカウンターに一体置《いったいお》かれていた。ロボットは、チャップたちに反応《はんのう》し、ギーッガチャッガチャッと機械音《きかいおん》を立《た》てると、顔《かお》の黒《くろ》いモニターに、電光掲示板《でんこうけいじばん》の文字《もじ》のような目《め》と口《くち》が現《あらわ》れた。

「イラッシャイマセ」

いかにもロボットらしい無機質《むきしつ》なしゃべり方《かた》だ。

「これが…ピノキオでごわすか…」

「全然《ぜんぜん》イメージと違《ちが》う…」

おとぎ話《ばなし》に出《で》てきそうな木製《もくせい》のロボットを想像《そうぞう》していた4人《にん》は、呆気《あっけ》に取《と》られた。すると、ピノキオの顔《かお》の真《ま》ん中《なか》についている赤《あか》い鼻《はな》から突然光線《とつぜんこうせん》が出《で》た。

「お客様《きゃくさま》の服装《ふくそう》をスキャンさせていただきます」

まずはマヨネのピンクのドレスを、光線《こうせん》がなぞっていく。

「キャー、なになに!?」

「金持《かねも》ちレベルC《シー》」

「はぁ？」

すると、光線《こうせん》は横《よこ》にいたチャップに移動《いどう》した。頭《あたま》の先《さき》からつま先《さき》まで、スキャンする。

「……金持《かねも》ちレベルF《エフ》」

「オレのがマヨネよりも上《うえ》ってこと？」

「逆《ぎゃく》でしょ、フツー」

さらにペペロンもスキャンされ、

「…金持《かねも》ちレベルF《エフ》」

「おぉ、チャップさんと同《おな》じでごわす！」

そして、最後《さいご》にゴブさんをスキャンすると、光線《こうせん》がヒューンと消《き》えた。

「………」

「何《なに》か言《い》わんかいっ！」

「総合評価《そうごうひょうか》レベルF《エフ》、接客態度《せっきゃくたいど》も最低《さいてい》レベルのレベルF《エフ》で実行《じっこう》します」

ピノキオは、カウンターにだらしなく手《て》をつくと、そっぽを向《む》き、やる気《き》のない感《かん》じで

「しゃっせー」と小声《こごえ》で言《い》った。

「挨拶《あいさつ》、雑《ざつ》っ！」

突《つ》っ込《こ》むマヨネに目《め》もくれず、ピノキオはマンガを読《よ》み始《はじ》めた。

「ご自由《じゆう》にご覧《らん》くださぁぁ」

「声小《こえち》っさ」

「超塩対応《ちょうしおたいおう》でごわす」

マンガ喫茶《きっさ》のやる気《き》のない店員《てんいん》のようにかったるそうに座《すわ》るピノキオに、チャップは改《あらた》めて声《こえ》をかけた。

「あの、すいません」

「……」

ピノキオはマンガに夢中《むちゅう》で返事《へんじ》をしない。

「あの、すいません！」

「あぁ聞《き》こえてますから。店内《てんない》で大《おお》きな声《こえ》を出《だ》さないでもらえますか。んで、なんすか」

「オレたち、メドゥーサを倒《たお》しに行《い》くんだ。おススメの武器《ぶき》ってないかな」

「はあっ」

ピノキオは鼻《はな》で笑《わら》うと、「あんたらには無理《むり》だろ」とボソッと呟《つぶや》いた。

「はっ？　ちょっと！　今《いま》なんて言《い》った？」

「え、なんすか？」

「今《いま》、あんたらには無理《むり》だろって言《い》ったでしょ！」

ブチギレるマヨネに反応《はんのう》し、ピノキオの顔《かお》モニターにノイズが生《しょう》じる。

「音声《オンセイ》ヲ認識《ニンシキ》デキマセンデシタ」

「コ、コイツゥ…」

ピノキオは、めんどくさそーに立《た》ち上《あ》がると、店内《てんない》の案内《あんない》を始《はじ》めた。

「まぁメドゥーサと戦《たたか》うんでしたらコチラとかっすかね」

そう言《い》って、ショーケースを指《さ》した。中《なか》には、クリスタルとゴールドでできた高《たか》そうなソードとシールドが陳列《ちんれつ》されている。その美《うつく》しい武器《ぶき》に思《おも》わず見《み》とれていると、ピノキオは、ゴブさんをチラ見《み》して言《い》った。

「あ、そこ、汚《きたな》い顔《かお》、近《ちか》づけないでもらえます？　輝《かがや》きが鈍《にぶ》りますから」

「顔は関係ないじゃろ！」

「こちらの『クランアリーネ』は、人間国宝級の職人たちによってデザインされた美しいフォルムを、一流の工業技術を用いて精製したセレブ戦士御用達の一流ブランドでございます。ご存じでしたか、庶民のみなさん」

完全に小馬鹿にした顔のピノキオに、マヨネはムッとして言い返した。

「庶民って言い方やめてくれる？　ほんと接客態度がなってないわね！」

「…音声ヲ認識デキマセンデシタ」

「だからソレやめなさいっ！」

「よし、決めた！　これください！」

チャップはすっかり武器を気に入ったようだ。

「ふっ、それは構いませんけど、お値段の方、ご覧になりました？」

「うん？　値段？？」

チャップはショーケースの中の値札を見て、ゼロを数えた。

「イチ、ジュウ、ヒャク、セン……10万ギラン!?」

「1000万《まん》ギランよ！」

マヨネが突《つ》っ込《こ》むと、チャップはおもむろに栗最中《くりもなか》の菓子折《かしお》りを取《と》り出《だ》した。

「大丈夫《だいじょうぶ》！　オレたちにはコレがある」

と、ピノキオに箱《はこ》を差《さ》し出《だ》す。

「これ、どうぞ！　店主《てんしゅ》のカルボナーラさんに！」

「ふんっ、困《こま》りますねぇ。最近多《さいきんおお》いんすよ、ネットの口《くち》コミを鵜呑《うの》みにして、菓子折《かしお》りを持《も》ってくる輩《やから》がね。ホント思考回路《しこうかいろ》が単純《たんじゅん》っすよねー」

「……オレ、褒《ほ》められてる？」

「バカにされてんの！」

マヨネは、ピノキオにブチギレた。

「ちょっとあんた！　あんまりひどい態度《たいど》とってると、製造元《せいぞうもと》のゼペット社《しゃ》にクレーム入《い》れるわよっ！」

「……音声《オンセイ》ヲ認識《ニンシキ》デキマセンデシタ」

「仕方《しかた》ない、カルボナーラがいるときにまた来《く》るとしよう」

ゴブさんの言葉《ことば》にチャップはため息《いき》をついて、フェアリポンの待《ま》ち受《う》け画面《がめん》のメローラ姫《ひめ》を見《み》た。

「あーあ、メローラ姫《ひめ》の喜《よろこ》ぶ顔《かお》が早《はや》く見《み》たかったのになぁ」

「メローラ姫《ひめ》」というワードに、ピノキオの赤《あか》い鼻《はな》が突然《とつぜん》グググーッと伸《の》びた。

「ちょっ、な―――っ！　そ、その待《ま》ち受《う》け画面《がめん》！　あ、あなた、もしやメローラ―――ッ？」

「メローラーって？」

テンションマックスで、鼻先《はなさき》がピカピカ赤《あか》く光《ひか》るピノキオにマヨネが訊《き》いた。

「知《し》らないんすか？　メローラ姫《ひめ》のファンのことをメローラーと呼《よ》ぶんです。私《わたし》もこう見《み》えて、熱烈《ねつれつ》なメローラーでして。ほら！」

ピノキオは、鼻先《はなさき》を光《ひか》らせて、メローラ姫《ひめ》の画像《がぞう》を空中《くうちゅう》に次々《つぎつぎ》と映《うつ》し出《だ》した。

「ネット上《じょう》にあるメローラ姫《ひめ》の画像《がぞう》は一通《ひとと》りダウンロードしてますから」

「画像《がぞう》ならオレも持《も》ってるよ」

と、チャップはフェアリポンにある画像《がぞう》をピノキオに見《み》せた。お城《しろ》で、こっそり撮《と》ったメローラ姫《ひめ》の後《うし》ろ姿《すがた》の写真《しゃしん》だ。それを見《み》た途端《とたん》、ピノキオの鼻《はな》がさらにググググ――ッと伸《の》びた。

「そ、その画像《がぞう》データ、譲《ゆず》ってもらえませんか？」

「は、なんでこんなの？　顔写《かおうつ》ってないのに」

不思議《ふしぎ》がるマヨネに、ピノキオは答《こた》えた。

「ネットに転《ころ》がっているメローラ姫《ひめ》の画像《がぞう》は基本的《きほんてき》に正面《しょうめん》か横顔《よこがお》だけ。オフィシャルブログにも後《うし》ろ姿《すがた》の画像《がぞう》がアップされることはないんです。はぁー、後《うし》ろから見《み》ると、こんななってるんだぁ」

ピノキオは、大興奮《だいこうふん》して画像《がぞう》をガン見《み》した。それを見《み》ていたマヨネは、ニヤリとして、ピノキオの伸《の》びきった赤《あか》い鼻《はな》を押《お》さえた。

「ちょっと待《ま》った。このデータが欲《ほ》しかったら、クランアリーネシリーズ、割引《わりびき》して」

「うぐぅっ、割引《わりびき》？　おいくらぐらいで」

「セットで、１０００ギラン！　どう？」

「そりゃ無茶苦茶《むちゃくちゃ》だわい！　割引《わりびき》のレベルを超《こ》えとるぞい！」

しかし、ピノキオはめちゃくちゃ迷《まよ》っている様子《ようす》だ。

「えー、どうしようかなぁ～。うぅ、うぅうぅ、い、いや、ダメだ！　画像一枚《がぞういちまい》でそこまで割引《わりびき》はできない」

「あ、あとこんなのもあるよ」

チャップはさらに別《べつ》の画像《がぞう》をピノキオに見《み》せた。メローラ姫《ひめ》の素足《すあし》、かかと部分《ぶぶん》のアップ画像《がぞう》だ。

「かっ　かっ　かっ！　メローラ姫《ひめ》の、か～かぁ～とぉ～!!」

ピノキオは伸《の》びきった鼻《はな》を興奮《こうふん》してブルンブルン揺《ゆ》らした。

「かかと、かかと、アキレス腱《けん》、かかと、アキレス腱《けん》…わかりました。1000ギランで手《て》を打《う》ちましょう！」

「え、いいの!?　やったー！」

さすがコアなメローラー、マニアックな画像《がぞう》2枚《まい》でまさかの商談成立《しょうだんせいりつ》だ！

「では、さっそく、こちらのジャラをご用意《ようい》させていただきます！」

と、ジャラが保管《ほかん》してある引出《ひきだ》しの鍵《かぎ》を開《あ》けようとした瞬間《しゅんかん》、ピノキオはピタリと動《うご》かなくなってしまった。顔《かお》モニターに、バッテリー切《ぎ》れの表示《ひょうじ》が出《で》ている。

ええーっ、このタイミングでバッテリー切《ぎ》れ!?

ペペロンは、慌《あわ》ててピノキオのプラグコードをコンセントの方《ほう》に引《ひ》っ張《ぱ》ってみた。しかし、ビミョーに長《なが》さが足《た》りない。そこで、みんなで力《ちから》を合《あ》わせてピノキオの本体《ほんたい》を動《うご》かそうと試《こころ》みるも、重《おも》すぎてビクともしない。

「もーっ、なんなのよ、このポンコツ！　ゼペット社《しゃ》にクレームつけてやるからねっ！」

マヨネはただの鉄《てつ》の塊《かたまり》になってしまったピノキオを思《おも》いきり蹴飛《けと》ばした。


武器《ぶき》をあきらめたチャップたちが経験値《けいけんち》を手《て》に入《い》れるために森《もり》の中《なか》を歩《ある》いていると、**『ブッテリー』**という弱小《じゃくしょう》モンスターと遭遇《そうぐう》した。小《ちい》さなブタの形《かたち》をしたそのモンスターは、ラッキーなことに鼻《はな》の部分《ぶぶん》が充電《じゅうでん》できるコンセントになっていた！　チャップたちは、ブッテリーをさくっと倒《たお》してスナック化《か》すると、急《いそ》いでカルボナーラの武器屋《ぶきや》へ戻《もど》ってピノキオを充電《じゅうでん》した。

充電《じゅうでん》が完了《かんりょう》すると、ずる賢《がしこ》いピノキオは記憶《きおく》を失《うしな》ったふりをしたが、すぐにマヨネに見《み》破《やぶ》られ、武器庫《ぶきこ》からクランアリーネの剣《けん》と盾《たて》を出《だ》すことになった。

「今《いま》、お出《だ》ししますので少々《しょうしょう》お待《ま》ちください」

やったね！　最強武器《さいきょうぶき》で今度《こんど》こそメドゥーサをやっつけてパープルアイをゲットだ！

盛《も》り上《あ》がるチャップたちは、ピノキオの目《め》があざとく光《ひか》ったことには、まるで気《き》づかなかった。


チャップたちが去《さ》った後《あと》、ひとり店番《みせばん》をしているピノキオのもとに主人《しゅじん》のカルボナーラが戻《もど》ってきた。

「おかえりなさいませ、ご主人様《しゅじんさま》！」

「留守《るす》の間《あいだ》、何《なに》かあったか？」

「いえいえ、客足《きゃくあし》も上場《じょうじょう》、売上《うりあげ》も好調《こうちょう》でございましたよ。それと、ご主人様《しゅじんさま》が悪徳業者《あくとくぎょうしゃ》につかまされたクランアリーネのニセモノもうまく処分《しょぶん》できました」

「おぉ、やるじゃねーか、さすがだな、ピノキオ！」

「お褒《ほ》めにあずかり、光栄《こうえい》です」

ピノキオは、顔《かお》モニターにニンマリとあくどい笑《え》みを浮《う》かべた。

8　ランプの魔人《まじん》ユニット　ジニーズ登場《とうじょう》！

「こんなの、あり得《え》ね――――っ！」

ヘビーテンプラー神殿《しんでん》にチャップの叫《さけ》び声《ごえ》が響《ひび》いた。

ピノキオに売《う》ってもらったクランアリーネのシリーズは、ソードもシールドも**『クランアリーネ』**ではなく**『くらんありえねー』**という偽《にせ》ブランドのものだったのだ。当然《とうぜん》、偽《にせ》ブランドの武器《ぶき》はメドゥーサに一撃《いちげき》で破壊《はかい》され、チャップたちは同《おな》じボスキャラにまさかの3度目《どめ》の負《ま》けを喫《きっ》した。しかも、あっさりと……。

けれど、今回《こんかい》はひとつだけ収穫《しゅうかく》があった。ゴブさんのとんがり頭《あたま》にかみついていたメドゥーサのヘビを調《しら》べ、魔物《まもの》の弱点《じゃくてん》が光《ひかり》であることを突《つ》き止《と》めたのだ。

よーしっ、今度《こんど》こそカンゼンカンペキに勝《か》てる！　タブン！

「光《ひか》るモノ、光《ひか》るモノ……」

チャップたちはフレンチトースターに戻《もど》ると、光《ひか》るものを探《さが》して市場《いちば》を歩《ある》いた。すると、一軒《いっけん》の露店《ろてん》で、魔法使《まほうつか》いのようにフードをすっぽりと被《かぶ》ったおばあさんが、くすんだ金色《きんいろ》のアラビア風《ふう》のランプを勧《すす》めてきた。

「コレはいかが？　古《いにしえ》より伝《つた》わる光《ひか》り輝《かがや》くランプでございます」

「光《ひか》るんでごわすか」

「ええ。べらぼうに」

ペペロンの問《と》いにおばあさんは怪《あや》しげな笑《え》みを浮《う》かべた。

「これ、いくらで……」

チャップが値段《ねだん》を聞《き》こうとすると、いつの間《ま》にかおばあさんの姿《すがた》は消《き》えていた。

「それ、どうやって光《ひか》るでごわすかね？」

「ランプといえば、火《ひ》をつけるんじゃろう」

「うーん、どこかにライターとかって」

チャップの言葉《ことば》に、ブタ子《こ》が「ブヒブヒ」と鼻《はな》を鳴《な》らした。

「あ、そういえば、ブタ子《こ》って火《ひ》をふけるんだっけ？　よしっ、じゃあコレに火《ひ》つけて」

「ブヒーンッ！　ブワァァァ――――ッ!!」

ブタ子《こ》は、張《は》り切《き》って小《ちい》さな体《からだ》からめいっぱいの大《おお》きな炎《ほのお》を吐《は》き出《だ》した。すると、ランプがカタカタと揺《ゆ》れ始《はじ》め、中《なか》からなにやら声《こえ》が聞《き》こえる。

「やめてーっ」

「あんあん」

「いやーんっ」

「アッツ――――――――いっ！」

次《つぎ》の瞬間《しゅんかん》、ランプから紫色《むらさきいろ》の煙《けむり》とともに3人《にん》の大《おお》きな魔人《まじん》が飛《と》び出《だ》してきた。

「うん、もう!!　焦《こ》げ焦《こ》げぇ」

「お肌《はだ》、干《ひ》からびるぅ」

「ちょっと！　熱《あつ》いじゃないの!!」

「全《まった》くもう、何考《なにかんが》えてるのよ」

「呼《よ》び出《だ》したいなら、こすりなさいよ」

いきなり出《で》てきたのは、オネエ言葉《ことば》でしゃべりまくる3人《にん》の魔人《まじん》！　魔人《まじん》たちは、すみれ色《いろ》のムキムキの巨体《きょたい》に、黒《くろ》のビキニパンツ、黒革《くろかわ》のサスペンダーを装着《そうちゃく》したかなりハードなオネエスタイル。よく見《み》ると、チョビひげや、髪型《かみがた》がそれぞれ少《すこ》しずつ違《ちが》っている。

3人《にん》は、紫色《むらさきいろ》の煙《けむり》でできた雲《くも》の上《うえ》で、体《からだ》をくねらせ、キャーキャーと黄色《きいろ》い声《こえ》で騒《さわ》いでいる。

「あの、誰《だれ》……？」

呆気《あっけ》に取《と》られているチャップたちに、左端《ひだりはし》の魔人《まじん》が答《こた》えた。

「うちらは、歌《うた》って踊《おど》れる3人組《にんぐみ》の魔人《まじん》ユニット、**『ジニーズ』**よ」

「うぅ～ん、セクシィ～！」

と、アイドルユニットのように3人《にん》でキメポーズをつくると、真《ま》ん中《なか》の魔人《まじん》がチャップに流《なが》し目《め》を送《おく》った。

「あらぁ、アナタかわいいわねぇ、お名前《なまえ》はなんていうのか・し・ら？」

「チャップです！」

「あらヤダ！　なんだかいやらしい響《ひび》きねぇ」

「カワイイわねぇ。私《わたし》、こういう小《ちい》さい子《こ》だーい好《す》き〜」

「ヤダァ、チャップの××は小《ちい》さくないわよ」

「やーねー、私《わたし》は背《せ》の話《はなし》をしてるの」

「バカぁ、私《わたし》はチャップの×××が×××で××だから×××かなぁって」

「いやーん、このケダモノォ〜！」

3人《にん》は、放送禁止用語《ほうそうきんしようご》を連発《れんぱつ》しながら勝手《かって》に盛《も》り上《あ》がっている。

「あのぉ、盛《も》り上《あ》がってるとこすみませんが、オレたち別《べつ》に呼《よ》んでないんで」

「ランプが光《ひか》るかどうか試《ため》していただけで」

チャップとマヨネが言《い》うと、真《ま》ん中《なか》の魔人《まじん》が咳《せき》ばらいをひとつした。

「魔人《まじん》を呼《よ》び出《だ》したからにはぁ、アンタたちの願《ねが》いをひとつ叶《かな》えてあげるってシステムになってるのよ」

「私《わたし》もひとつ叶《かな》えてあげる」

「私《わたし》もひとつ叶《かな》えちゃううぅ」

左右《さゆう》の魔人《まじん》も続《つづ》けて言《い》った。つまり、全部《ぜんぶ》で3つの願《ねが》いを叶《かな》えてくれるらしい。すると、ペペロンがいち早く願《ねが》いごとを口《くち》にした。

「えっと、おいどんは、フィレステーキを牛一頭分《うしいっとうぶん》、それとコーンポタージュを……」

「メローラ姫《ひめ》と一緒《いっしょ》にお風呂《ふろ》！」

ペペロンの声《こえ》をかき消《け》すようにチャップが叫《さけ》んだ。しかし、この願《ねが》いを聞《き》いたマヨネはハリセン弾《だん》をさく裂《れつ》させ、チャップはヘロヘロになってしまった。

すると、ゴブさんがつかつかと魔人《まじん》の前《まえ》に歩《あゆ》み出《で》た。

「よし、ここはワシが試《ため》しに、ひとつ願《ねが》いごとを言《い》ってみよう」

「え？」

みんなの頭《あたま》に「？？？」が浮《う》かんでいる間《あいだ》に、ゴブさんは魔人《まじん》に向《む》かって言《い》った。

「魔人《まじん》よ、ひとつめの願《ねが》いじゃ。ワシの頭《あたま》に二十代《にじゅうだい》のころのようなフサフサの髪《かみ》の毛《け》を！」

「はぁ!?」

チャップとマヨネとペペロンは、目《め》を丸《まる》くしてゴブさんを見《み》た。

「うぅ～ん、セクシィ～！」

掛《か》け声《ごえ》とともに、真《ま》ん中《なか》の魔人《まじん》の指先《ゆびさき》から、ゴブさんの頭《あたま》めがけて光線《こうせん》が放《はな》たれた！

光《ひかり》の中《なか》でモニョモニョとゴブさんの頭《あたま》に毛《け》が生《は》え始《はじ》める。そして光線《こうせん》が消《き》えると、とんがりハゲ頭《あたま》がフサフサ黒髪《くろかみ》のアフロヘアに！　ゴブさんは、大喜《おおよろこ》びで髪《かみ》を触《さわ》った。

「おぉ、このコシ、このツヤ！　本物《ほんもの》じゃ、あのころの髪型《かみがた》じゃー！　青春時代《せいしゅんじだい》がプレイバックじゃぁー！」

はしゃいで踊《おど》ろうとしたが、背後《はいご》にただならぬ殺気《さっき》を感《かん》じ、ゴブさんはピタリと動《うご》きを止《と》めた。マヨネが絶対零度《ぜったいれいど》の冷《つめ》たい目《め》でゴブさんをにらんでいる。

「ちょっと、どーゆーこと？」

「抜《ぬ》けがけは許《ゆる》せないでごわす…」

いつも優《やさ》しいペペロンも、怖《こわ》い顔《かお》をしている。

「ていうか全然似合《ぜんぜんにあ》ってないし！　その歳《とし》でアフロヘアーとかおかしいから！」

キレるマヨネに、ゴブさんはがっくりと肩《かた》を落《お》とした。

「なんと……そうか、似合《にあ》わんか。これは天《てん》パーなんじゃが……仕方《しかた》ない。魔人《まじん》よ、すまんがこの頭《あたま》、元《もと》に戻《もど》してくれ」

「うぅ～ん、セクシィ～！」

今度《こんど》は、左《ひだり》の魔人《まじん》が指先《ゆびさき》から光線《こうせん》を出《だ》した。するとあっという間《ま》にゴブさんは、元《もと》のとんがりハゲ頭《あたま》に戻《もど》った。

「さぁ、これで2つ目《め》の願《ねが》いも叶《かな》えたわよ」

「えーっ！　ちょっと待《ま》って。ナニ、この願《ねが》いの無駄遣《むだづか》い！」

怒《おこ》って地団駄《じだんだ》を踏《ふ》むマヨネを無視《むし》して、魔人《まじん》たちはご機嫌《きげん》で続《つづ》けた。

「泣《な》いても笑《わら》っても、残《のこ》る願《ねが》いはあとひとつよ、どうするの？」

「ちなみにぃ、うちらの特技《とくぎ》はセクシィ〜ダンスなの」

と、いきなり3人《にん》はリズムを取《と》り始《はじ》めた。

「あっ　ワン、ツー、あっ　ワンツースリーフォーッ　最高《さいこう》よーっ♪」

♪　O《オー》・N《エヌ》・E《イー》・E《イー》　オネエ　偉大《いだい》なるぅ

♪　O《オー》・N《エヌ》・E《イー》・E《イー》　オネエ　最高《さいこう》よぅ

3人《にん》は、アルファベットの形《かたち》を体《からだ》でつくりながら、ノリノリで踊《おど》り始《はじ》めた。

「あの、踊《おど》りはいいから願《ねが》いを……」

チャップの言葉《ことば》など無視《むし》して、腰《こし》をキュッキュッと左右《さゆう》に持《も》ち上《あ》げ、キレキレのダンスを披露《ひろう》する魔人《まじん》たちに、チャップはひときわ大《おお》きな声《こえ》で叫《さけ》んだ。

「お願《ねが》いだから、踊《おど》りをやめてっ！」

「うぅ〜ん、セクシィ〜！」

掛《か》け声《ごえ》とともにダンスは終《お》わった。

「3つ目《め》の願《ねが》いも叶《かな》えたわよ」

「さらば！」

「うぅ〜ん、セクシィ〜♪」

言葉《ことば》を挟《はさ》む間《ま》もなく、オネエたち、もとい魔人《まじん》たちは、煙《けむり》とともにランプの中《なか》へと吸《す》い込《こ》まれていった。どうやら最後《さいご》の願《ねが》いは「踊《おど》りをやめて」になってしまったようだ。

「ちょっと待《ま》って！　なんで、なんでー！　メローラ姫《ひめ》とのお風呂《ふろ》ー！　お風呂《ふろ》ー！」

チャップはランプに向《む》かって懸命《けんめい》に叫《さけ》んだが、魔人《まじん》たちが戻《もど》ってくることはなかった。

9　いくぞ！　今度《こんど》こそメドゥーサ討伐《とうばつ》!?

ランプの光《ひか》らせ方《かた》はわからないままだったが、チャップたちは、またまたヘビーテンプラー神殿《しんでん》を目指《めざ》した。

途中《とちゅう》、『**イエティ**』というかわいい羊《ひつじ》の皮《かわ》をかぶった凶暴《きょうぼう》な雪男《ゆきおとこ》を倒《たお》したときに、チャップは偶然《ぐうぜん》、ランプの底《そこ》にしまわれたプラグを発見《はっけん》し、メドゥーサ討伐《とうばつ》の秘策《ひさく》を思《おも》いついた。砂漠《さばく》の真《ま》ん中《なか》で、チャップは拳《こぶし》を天《てん》に突《つ》き上《あ》げた。

「今度《こんど》こそ、カンゼンカンペキにメドゥーサに勝《か》てる！　タブン！」

神殿《しんでん》に到着《とうちゃく》すると、チャップはメドゥーサに向《む》かって叫《さけ》んだ。

「メドゥーサ！　オレのばあちゃんは言《い》った！　**明《あ》けない夜《よる》はない。開《あ》かないフタは温《あたた》めろ！**」

「また意味不明《いみふめい》なんだけどーっ」

マヨネが突《つ》っ込《こ》んでいる間《あいだ》に、チャップはフェアリポンでブッテリーを呼《よ》び出《だ》した。そして、鼻《はな》のコンセントにランプの底《そこ》から引《ひ》っ張《ぱ》り出《だ》したプラグを挿《さ》し込《こ》んだ。

「光《ひか》るランプの威力《いりょく》、思《おも》い知《し》れ！　差《さ》し込《こ》みプラグ、ロックオン！」

チャップの予想通《よそうどお》り、コンセントに繋《つな》いだランプは、強烈《きょうれつ》な光《ひかり》を放《はな》ち始《はじ》めた！

「食《く》らえメドゥーサッ！」

ランプを突《つ》き出《だ》すと、メドゥーサは嫌《いや》がって手《て》で光《ひかり》を払《はら》った。

「おぉ、効《き》いてるでごわす！」

「チャップ、そのまま追《お》い詰《つ》めるんじゃ！」

どんどん強《つよ》さを増《ま》していくランプの光《ひかり》に、メドゥーサは苦《くる》しそうなうめき声《ごえ》をあげた。

「ぎゅうぅ――っ」

よーしっ、あと一歩《いっぽ》でメドゥーサ討伐《とうばつ》！　そう思《おも》ったときだった。

「アチッ、アチチッ、アツいって――っ!!」

ランプから、ジニーズたちが飛《と》び出《だ》してきた。驚《おどろ》いたチャップはランプを落《お》としてしまい、プラグが抜《ぬ》けたランプは一気《いっき》に光《ひかり》を失《うしな》った。

「熱《あつ》いって言《い》ってるじゃないのよっ！」

プリプリ怒《おこ》るジニーズたちの後《うし》ろで、息《いき》を吹《ふ》き返《かえ》したメドゥーサは、ブッテリーを一瞬《いっしゅん》で石《いし》にしてしまった。すると、ジニーズのひとりがメドゥーサに気《き》がついた。

「ナニよ、アレ？」

「ほんとのケダモノォ〜！」

メドゥーサは、ジニーズたちにも石化光線《せっかこうせん》を発射《はっしゃ》！　しかし、魔人《まじん》たちは華麗《かれい》なステップで光線《こうせん》をかわす。意外《いがい》にも、戦闘能力《せんとうのうりょく》が高《たか》いようだ。

「どうやらウチらを本気《ほんき》にさせたみたいね」

「いくわよ、私《わたし》たちの最終奥義《さいしゅうおうぎ》っ！」

「あっワン、ツー、スリー、フォッ！」

魔人《まじん》たちは、神殿《しんでん》のど真《ま》ん中《なか》で、いきなりキレキレのダンスを踊《おど》り始《はじ》めた。

♪　**O《オー》・N《エヌ》・E《イー》・E《イー》　オネエ　偉大《いだい》なるぅ**
♪　**O《オー》・N《エヌ》・E《イー》・E《イー》　オネエ　最高《さいこう》よぅ**

「なんでこのタイミングで踊《おど》るのよーっ」

突《つ》っ込《こ》むマヨネにチャップが言《い》った。

「もしかして……ねえ聞《き》いたことない？　ヘビは音楽《おんがく》に合《あ》わせて踊《おど》り出《だ》すって」

「まさか、メドゥーサが踊《おど》るわけ……」

見《み》ると、メドゥーサの尻尾《しっぽ》がわずかに反応《はんのう》している！　いや、まさか。マヨネは目《め》の錯《さっ》覚《かく》だと思《おも》い、もう一度《いちど》否定《ひてい》しようとした。

「いやいや、さすがにボスキャラが踊《おど》るなんてことは……」

「どんどん、パワーエボリューション♪」

さらに激《はげ》しく踊《おど》る魔人《まじん》たちにつられて、ついにメドゥーサが踊《おど》り始《はじ》めた。

「踊《おど》ったーーーっ！」

メドゥーサは、恐《おそ》ろしい形相《ぎょうそう》のままアルファベットのポーズをしっかりキメて踊《おど》っている。どんどん激《はげ》しく踊《おど》るメドゥーサを見《み》て、仕上《しあ》げに魔人《まじん》がキレキレのポーズで言《い》った。

「うぅ〜ん、セクシィ〜♪」

踊《おど》り終《お》えたメドゥーサの頭《あたま》のヘビはカンゼンカンペキにこんがらがってしまっていて、石化光線《せっかこうせん》を出《だ》す恐《おそ》ろしい目《め》を塞《ふさ》いでいる。

「今《いま》よ、チャップ！」

「頭《あたま》の中心《ちゅうしん》のテカッてる部分《ぶぶん》を狙《ねら》うのよ」

ジニーズの言葉通《ことばどお》り、チャップは狙《ねら》いを定《さだ》めた。

「よし、とどめはコイツで決《き》める」

チャップは、クリスタルソードのジャラをフェアリポンにセット！　デカ化《か》したソードをかっこよく構《かま》え、メドゥーサに向《む》かってジャンプ！

「食《く》らえ！　必殺《ひっさつ》！　テカッてるところ狙《ねら》うクラッシュ――――ッ！」

チャップは見事《みごと》に頭《あたま》のテカッている部分《ぶぶん》を撃破《げきは》！　メドゥーサは一瞬《いっしゅん》で石《いし》になり、粉々《こなごな》に砕《くだ》け散《ち》った。

「メドゥーサ討伐《とうばつ》、コンプリート!!」

4度目《どめ》の挑戦《ちょうせん》で、ついについにメドゥーサを仕留《しと》めた！　やったね！

すると、チャップの足下《あしもと》に、メドゥーサの体《からだ》から出《で》てきたパープルアイが転《ころ》がってきた。

チャップは、その紫《むらさき》に輝《かがや》く美《うつく》しい宝石《ほうせき》を拾《ひろ》い上《あ》げ、高《たか》らかに掲《かか》げた。

「パープルアイ、ゲット!!」


――ここは、お城《しろ》の玉座《ぎょくざ》の間《ま》。

メローラ姫《ひめ》は、大《おお》きなあくびをして、チャップから渡《わた》されたパープルアイを放《ほう》り投《な》げた。

「いらなーいっ。もうパープルアイとかブーム去《さ》った感《かん》あるし、今《いま》いちテンション上《あ》がんないっていうか、ぶっちゃけ終《お》わってる感《かん》じ。ねぇパパ、それよりお願《ねが》いがあるのぉ」

「ん、なんじゃ。また欲《ほ》しいものができたのか？」

「パパったら冴《さ》えてるぅ」

「そういうわけなのじゃ、チャップ」

そう言《い》って、王様《おうさま》がチャップたちの方《ほう》を見《み》ると、あまりのショックにメドゥーサの石化《せっか》光線《こうせん》以上《いじょう》にカッチカチに固《かた》まってしまったチャップを担《かつ》いで、マヨネたちはそっと部屋《へや》を出《で》て行《い》くところだ。

「どこへ行《い》くのじゃ？」

マヨネは、ギクッとして立《た》ち止《ど》まった。

「ちょっと急《いそ》ぎの用事《ようじ》を思《おも》い出《だ》しまして」

(もー、冗談《じょうだん》じゃないっ！　姫《ひめ》のワガママに付《つ》き合《あ》って過酷《かこく》なクエストなんかやってられっか！　こんなんじゃ、命《いのち》が何個《なんこ》あっても足《た》りないっつーのっ！)

マヨネを先頭《せんとう》に、パーティーは猛《もう》ダッシュでお城《しろ》を後《あと》にしたのだった。

第《だい》2章《しょう》

砂《さ》漠《ばく》のクラーケンと究《きゅう》極《きょく》保《ほ》湿《しつ》クリーム

1　新《あら》たなクエスト　スタート！

ある日《ひ》、チャップたちは、メローラ姫《ひめ》の新《あら》たなお願《ねが》いごとを聞《き》きにお城《しろ》に呼《よ》び出《だ》された。

相変《あいか》わらずなまめかしいメローラ姫《ひめ》の声《こえ》が、玉座《ぎょくざ》の間《ま》に響《ひび》く。

「あああぁぁ――――んっ」

「欲《ほ》しい欲《ほ》しい欲《ほ》しい欲《ほ》しい、ほ・し・い！　お願《ねが》～い、パパァ～」

「よしよし、メローラよ。わかっておるぞ。今《いま》、チャップに頼《たの》んでやるからな」

チャップは、王様《おうさま》そっちのけで姫《ひめ》の顔《かお》を不思議《ふしぎ》そうに見《み》ている。

「メローラ姫《ひめ》、なんで変《へん》な方向《ほうこう》見《み》てしゃべってるんだ？」

今日《きょう》のメローラ姫《ひめ》はまぶたに白《しろ》いテープを貼《は》って、さっきからずっと目《め》をつぶったままだ。

「まつエク中《ちゅう》だからよ。わかる？　まつ毛《げ》エクステ。乾《かわ》かし中《ちゅう》だから目《め》を開《あ》けらんないの」

メローラ姫《ひめ》のことになるといつも不機嫌《ふきげん》なマヨネが、貧乏《びんぼう》ゆすりをしながら答《こた》えた。

「ていうかなんで今《いま》やるわけ？　めちゃくちゃ失礼《しつれい》じゃない⁉」

すると、こちらもメローラ姫《ひめ》のことになると100％養護派《パーセントようごは》のチャップが言《い》った。

「いや、いい！　メローラ姫《ひめ》のキス顔《がお》、いい！　も、も、もし、オレがメローラ姫《ひめ》とキ、キスすることになったら、あの顔《かお》がぁ、ウワッ、ハァハァ、ムフフッ、ムフフッ……」

目《め》をハートにして妄想《もうそう》モードに突入《とつにゅう》したチャップに、マヨネのハリセンが一発《いっぱつ》！

パッシ――――ンッ！

HP《エイチピー》が一気《いっき》に減《へ》ってフラフラになったチャップを見《み》て、ペペロンが感心《かんしん》して言《い》った。

「マヨネさんのハリセンソードは世界最強《せかいさいきょう》でごわすな」

メローラ姫《ひめ》はそんなやり合《あ》いなどスルーして、窓辺《まどべ》で優雅《ゆうが》に寝《ね》そべり、侍女《じじょ》たちに大《おお》きな扇子《せんす》で扇《あお》がれている。

「やっぱりぃ、姫《ひめ》ならスッピン大事《だいじ》っていうかぁ、スッピン勝負《しょうぶ》っていうかぁ、内《うち》から輝《かがや》くお肌《はだ》が大事《だいじ》っていうかぁ、パパに**『究極保湿《きゅうきょくほしつ》クリーム』**手《て》に入《い》れてほしいの！　チュッ♡」

姫《ひめ》は目《め》を閉《と》じたまま、テキトーな方向《ほうこう》に投《な》げキッスをした。

「というわけなのじゃ、チャップ」

「究極保湿《きゅうきょくほしつ》クリームはクラーケンから採取《さいしゅ》されます」

王様《おうさま》の横《よこ》に立《た》っていた大臣《だいじん》が付《つ》け足《た》した。

「さすが大臣《だいじん》、物知《ものし》りぃ〜　チュッ♡」

姫《ひめ》はまた投《な》げキッスをした。キッスは大臣《だいじん》とは反対方向《はんたいほうこう》に飛《と》んでいった。

「クラーケンって、足《あし》がウネウネいっぱいあるイカのモンスターよね？」

マヨネが確《たし》かめるように言《い》うと、ペペロンも続《つづ》いた。

「ということは海《うみ》に行《い》けばいいでごわすな」

「いいえ、砂漠《さばく》でございます」

大臣《だいじん》が答《こた》えた。

「クラーケンは砂漠《さばく》に棲《す》み、オアシスをたびたび襲撃《しゅうげき》し、水《みず》を奪《うば》っているとのこと」

「なんでわざわざ砂漠《さばく》にいるの？　イカなんだから海《うみ》に棲《す》めばいいのに」

もっともな疑問《ぎもん》を口《くち》にするマヨネに王様《おうさま》は言《い》った。

「まぁ細《こま》かいことはわしらはよくわからんけど、とにかく砂漠《さばく》に向《む》かってくれ」

「なんか依頼《いらい》の仕方《しかた》がザツなんだけど……」

「頼《たの》んだわよ、チャップ。うぅ〜ん、チュッ♡」

メローラ姫《ひめ》は特大《とくだい》の投《な》げキッスをテキトーな方向《ほうこう》に飛《と》ばした。チャップはキッスを受《う》け止《と》めようと、飛《と》んだ方向《ほうこう》をめがけて猛《もう》ダッシュしながら叫《さけ》んだ。

「よーしっ！　カンゼンカンペキにメローラ姫《ひめ》のために頑張《がんば》るぞっ！」

と、キッスをキャッチ！　しようとして、勢《いきお》い余《あま》って壁《かべ》に激突《げきとつ》！　気絶《きぜつ》するチャップであった。


お城《しろ》を出《で》ると、チャップたちは広場《ひろば》の噴水《ふんすい》でクラーケンの攻略法《こうりゃくほう》を考《かんが》え始《はじ》めた。

「うーん、どんな武器《ぶき》が効《き》くのかなぁ」

と、フェアリポンで武器《ぶき》を検索《けんさく》していたチャップの顔色《かおいろ》が変《か》わった。いきなり、画面《がめん》いっぱいにビネガー・カーンのあくどい笑顔《えがお》が現《あらわ》れたからだ。

「あなたのマネーの使《つか》い方《かた》お教《おし》えしましょう！　ビネガーショッピングのお時間《じかん》です！

本日《ほんじつ》ご紹介《しょうかい》するのは、クリスタルソードZ《ゼット》！」

「すごいですね、あのクリスタルソードZ《ゼット》ですか！」

画面《がめん》の中《なか》で、ビネガーの側近《そっきん》、ウスターが合《あ》いの手《て》を入《い》れる。ビネガーは、ネックレスをジャラジャラ、お腹《なか》をたぷたぷいわせながら、意気揚々《いきようよう》とソードで野菜《やさい》を切《き》っていく。

「いいでしょう、このソード！　欲《ほ》しいでしょう！　手《て》に入《い》れたいでしょう！」


いやらしい総金歯《そうきんば》を見《み》せつけて笑《わら》うビネガーの顔《かお》に、燃《も》えていく村《むら》が重《かさ》なる……。

賑《にぎ》やかなテレビショッピングの映像《えいぞう》もチャップの目《め》には入《はい》ってこない。チャップがビネガーを見《み》て思《おも》い出《だ》すことはたったひとつ、焼《や》き討《う》ちにされた故郷《こきょう》の村《むら》のことだけだ。

怒《いか》りに震《ふる》えるチャップをマヨネたちは心配《しんぱい》そうに見守《みまも》った。

「チャップ……」

「か、母《かあ》ちゃん……」

チャップは思《おも》い出《だ》していた。チャップと同《おな》じグレーの髪《かみ》を持《も》つ母《はは》が、夕食時《ゆうしょくじ》に作《つく》ってくれた温《あたた》かいスープのことを、台所《だいどころ》に立《た》ち込《こ》めていたいい匂《にお》いを、その優《やさ》しい味《あじ》わいを……。

××××××

「母《かあ》ちゃんのあったかいシチュー、カンゼンカンペキにサイコーッ！　コレ、明日《あした》も食《た》べたい！　明日《あした》も明後日《あさって》もずっとずーっと食《た》べたーい！」

空《から》になったスープ皿《ざら》を持《も》って母《はは》の周《まわ》りを跳《は》ね回《まわ》る幼《おさな》いチャップを見《み》て、母《はは》は嬉《うれ》しそうに微笑《ほほえ》んだ。

「はいはい、いつだって作《つく》ってあげるわ」

××××××

そう言《い》って優《やさ》しく笑《わら》った母《かあ》ちゃん……ずっとずっと母《かあ》ちゃんのご飯《はん》が食《た》べられると思《おも》っていたのに、当《あ》たり前《まえ》の幸《しあわ》せが続《つづ》くと思《おも》っていたのに……それを、ヤツが……ビネガーが全部壊《ぜんぶこわ》したんだ。

オレは絶対《ぜったい》ビネガーに復讐《ふくしゅう》する!! 10倍返《ばいがえ》し、100倍返《ばいがえ》し、いや、1000倍返《ばいがえ》し、カンゼンカンペキに復讐《ふくしゅう》する！

待《ま》ってろよ、ビネガー・カーン！ お前《まえ》のいるキングオイスターシティにオレは必《かなら》ずたどり着《つ》いてみせるからな！

2 『カラカラ』の魔法《まほう》

決意《けつい》を新《あら》たにしたチャップたちは、クラーケンに効果《こうか》があるという『**カラカラ**』の魔法《まほう》を手《て》に入《い》れるため、カルボナーラの武器屋《ぶきや》に向《む》かった。

店《みせ》に入《はい》ると、ピノキオはチャップたちを見《み》て、接客《せっきゃく》モードをレベルF《エフ》にセットした。

「……しゃっせぇー」

やる気《き》のないピノキオの顔《かお》モニターを、マヨネが怖《こわ》い顔《かお》でにらみつける。

「ちょっと、あんたねぇー」

「**音声《オンセイ》ヲ認識《ニンシキ》デキマセンデシタ**」

文句《もんく》を言《い》われる前《まえ》に、ピノキオは素早《すばや》くカウンターの奥《おく》に引《ひ》っ込《こ》んだ。

魔法《まほう》を探《さが》していると聞《き》き、カルボナーラは、奥《おく》の棚《たな》からたくさんの魔法《まほう》スナックが入《にい》った箱《はこ》を持《も》ってきた。しかし、どれもラベルの文字《もじ》が消《き》えてしまっていて、カラカラの魔法《まほう》を探《さが》すには、試《ため》し撃《う》ちしてみるしか方法《ほうほう》がないらしい。

「試《ため》し撃《う》ち？　なんか楽《たの》しそう！」

チャップは、張《は》り切《き》ってスナックを一個《いっこ》取《と》ると、フェアリポンにセットした。

「いっくぞー！　えいっ！」

かっこいいポーズをキメて、マヨネにいきなり試《ため》し撃《う》ち！

「ちょっと、なんでアタシ？」

文句《もんく》を言《い》うマヨネの身体《からだ》を魔法光線《まほうこうせん》が包《つつ》み込《こ》む……でも、あれれ？　見《み》た目《め》は何《なに》も変《か》わっていない。

「もーいきなり撃《う》たないでよっ！　あっ、えー、ナニこの声《こえ》!?　ガラガラァ〜」

マヨネは、変声《へんごえ》になってしまった。チャップが試《ため》し撃《う》ちしたのは、相手《あいて》の声《こえ》を変《か》えてしまう**『ガラガラ』**の魔法《まほう》だったようだ。

チャップは面白《おもしろ》がって、すぐに次《つぎ》の魔法《まほう》スナックをフェアリポンにセットした。

「ポチッとな。トーーーーッ！」

今度《こんど》もかっこよくポーズをキメて、ペペロンに試《ため》し撃《う》ちをしてみる。

「うん？？」

「どう、ペペロン？」

マヨネが変声《へんごえ》で訊《き》くと、ペペロンは目《め》を回《まわ》して、辺《あた》りをふらつき始《はじ》めた。

「頭《あたま》がクラクラするでごわす」

『**クラクラ**』魔法《まほう》じゃったようじゃな」

「よーしっ、次《つぎ》こそ！」

チャップは、新《あたら》しいスナックを取《と》ると、残《のこ》っていたゴブさんに試《ため》し撃《う》ちをした。すると、ゴブさんはいきなりラッパーのような軽《かる》いノリでしゃべり始《はじ》めた。

「ウェーイ、俺《おれ》ってば超《ちょう》ご機嫌《きげん》だぜ、チェケラっちょ！」

「すげーチャラ男《お》になった」

チャップは、『**チャラチャラ**』魔法《まほう》をかけてしまったようだ。

「そこのギャルゥー、超《ちょう》マブいじゃん。メアド交換《こうかん》したりなんかして」

ゴブさんは、マヨネに言《い》い寄《よ》った。確《たし》かにチャラいが、言葉《ことば》はおじさん臭《くさ》いし、リズム感《かん》も超《ちょう》ヒドい。マヨネはげんなりして、変声《へんごえ》で呟《つぶや》いた。

「なんか気持《きも》ち悪《わる》いんだけどぉ……」

「ていうか声《こえ》ガラガラじゃん、テンションマジ下《さ》がるんだけどぉ」

「うわぁ、クラクラするでごわすぅ」

「もーっ、チャップ！　早《はや》くカラカラを見《み》つけなさいよっ！」

マヨネが変声《へんごえ》でキレると、チャップは、さらに一枚《いちまい》スナックをセットして、今度《こんど》は3人《にん》いっぺんに試《ため》し撃《う》ちをした。すると、魔法光線《まほうこうせん》を浴《あ》びた瞬間《しゅんかん》、なんと3人《にん》とも魚《さかな》になってしまった！　今度《こんど》は人間《にんげん》やモンスターをボラに変《か》えてしまう**『ボラボラ』**の魔法《まほう》だったようだ。

すると、ボラになった3人《にん》を、ブタ子《こ》が「ブヒーッ」と鼻《はな》を鳴《な》らして追《お》いかけ始《はじ》めた。どうやらエサの魚《さかな》と勘違《かんちが》いしているようだ。チャップは慌《あわ》てて別《べつ》のスナックで魔法《まほう》を放《はな》ち、3人《にん》は元《もと》の姿《すがた》に戻《もど》ったが、次《つぎ》はキラキラのオーラに包《つつ》まれた。**『キラキラ』**魔法《まほう》だ。

長《なが》い人生《じんせい》で一度《いちど》もキラキラオーラを出《だ》したことのないゴブさんは、この魔法《まほう》に大喜《おおよろこ》びだが、マヨネとペペロンはウンザリして言《い》った。

「眩《まぶ》しいんだけどぉ」

「目《め》を開《あ》けていられないでごわす」

そのとき、カウンターの奥《おく》からカルボナーラが一枚《いちまい》の魔法《まほう》スナックを持《も》って戻《もど》ってきた。箱《はこ》の中《なか》ではなく別《べつ》の場所《ばしょ》にカラカラの魔法《まほう》があったのだ。

「ってことで、試《ため》し撃《う》ち！　っと」

そう言《い》うと、カルボナーラは、いきなりチャップにカラカラの魔法《まほう》を放《はな》った。すると、チャップはみるみる干《ひ》からびて、おじいさんのようにヨボヨボのシワシワになってしまった。チャップは、貼《は》り付《つ》きそうな喉《のど》をかきむしりながら声《こえ》を絞《しぼ》り出《だ》した。

「み、み、み、水《みず》を……」

苦《くる》しむチャップを見《み》て、カルボナーラはニヤリとした。

「水《みず》は10ギラン」

「そんなぁ……！」

腹黒《はらぐろ》い武器商人《ぶきしょうにん》の心《こころ》ない一言《ひとこと》に、心《こころ》までカラカラになるチャップだった。

3　砂漠《さばく》のアイドル　マーメイド登場《とうじょう》！

やっとの思《おも》いでカラカラの魔法《まほう》を手《て》に入《い》れたチャップたちは、ヒーローマートで水《みず》を買《か》い込《こ》むと、クラーケンを探《さが》しに砂漠《さばく》に入《はい》った。

しかし、いくら巨大《きょだい》なモンスターとはいえ、広大《こうだい》な砂漠《さばく》の中《なか》ではそう簡単《かんたん》に見《み》つからない。ギラギラの太陽《たいよう》が照《て》りつける中《なか》、歩《ある》き疲《つか》れたチャップたちは、オアシスの木陰《こかげ》でひと休《やす》みすることにした。

すると、マヨネが水辺《みずべ》に人影《ひとかげ》を見《み》つけた。

「あれ？　あそこに誰《だれ》かいる」

「あれは**『マーメイド』**じゃな」

「マーメイドって、海《うみ》に棲《す》むモンスターよね。なんでこんなところにいるのかしら？」

マーメイドは、大《おお》きなパラソルの下《した》で、南国風《なんごくふう》のカクテルを飲《の》み、リゾート気分《きぶん》でくつろいでいる。ツインテールに制服風《せいふくふう》のアイドル衣装《いしょう》を身《み》にまとったその姿《すがた》は、遠目《とおめ》で見《み》るとフツーの女子《じょし》に見《み》えるが、手《て》には鱗《うろこ》と水《みず》かきがあり、下半身《かはんしん》は魚《さかな》の姿《すがた》をした立派《りっぱ》なモンスターだ。チャップは、クラーケンの情報《じょうほう》を得《え》ようと、マーメイドのもとに走《はし》った。

「あのね、キミ、この辺《へん》でクラーケンの……」

「ごめんなさい、プライベートなんで」

マーメイドは鱗《うろこ》のびっしり生《は》えた手《て》で、顔《かお》を隠《かく》した。

「あ、いや、そうじゃなくて、キミは…」

「プライベートなんで！」

今度《こんど》は、顔《かお》を隠《かく》していた手《て》で、シッシッとチャップを追《お》い払《はら》った。

「いや、そうじゃなくてクラーケンの……」

「だからぁ！　プライベートだっつってんだろっ！」

マヨネは、マーメイドの態度《たいど》にカチンときて言《い》った。

「なんか感《かん》じ悪《わる》くない？　もう話聞《はなしき》かなくていいから行《い》こう！」

しかし、チャップは一歩《いっぽ》も動《うご》こうとしない。

「いや、よくない。オレのばあちゃんは言《い》った。**聞《き》くは一時《いっとき》の恥《はじ》、キアヌはリーブス、サインは油性《ゆせい》のペンでもらえ！**」

いつもの意味不明《いみふめい》なばあちゃん語録《ごろく》が飛《と》び出《だ》した。しかし、マーメイドは何《なに》を勘違《かんちが》いしたのか、言葉《ことば》に反応《はんのう》し、すくっと立《た》ち上《あ》がった。

「あーっ、やっぱりサイン欲《ほ》しがっちゃうか。人気者《にんきもの》は辛《つら》いわ」

そう言《い》いながら、ゴブさんの顔面《がんめん》に自前《じまえ》の油性《ゆせい》ペンでさらさらとサインを書《か》く。

「はい、サイン！　ネットオークションとかに出《だ》したらいろんな意味《いみ》でつぶすから。ウフッ」

かわいい声《こえ》とは真逆《まぎゃく》の内容《ないよう》のことを言《い》うと、マーメイドは恋《こい》する乙女《おとめ》のように、ふぅっとため息《いき》を漏《も》らした。

「せっかくファンの目《め》を逃《のが》れて、オアシスでオフを過《す》ごしていたのに、あふれ出《だ》すアイドルオーラは隠《かく》せないものなのね。でも、これも海《うみ》のトップアイドルの宿命《しゅくめい》！　ヘコんでなんかいられないわ！」

そして、ポケットからマイクを取《と》り出《だ》し水辺《みずべ》の真《ま》ん中《なか》に立《た》つと、チャップたちに向《む》かっ

て尾《お》びれをフリフリして、

「ファンのみんな〜！　今日《きょう》はマーメイドのコンサートにようこそ！　アーユーレディ？」

と、いきなりエアコンサートを始《はじ》めた。かなり無理《むり》のある設定《せってい》にぽかんとしているチャップたちに向《む》かって、思《おも》いきりアイドルウインクをかます。

「みんなの元気《げんき》な声《こえ》を聴《き》かせて〜！　イエーイ！」

「……」

状況《じょうきょう》を飲《の》み込《こ》めないチャップたちの中《なか》で、ペペロンだけがウズウズし始《はじ》めた。

「どうしたどうした、声《こえ》が聞《き》こえないぞっ！　恥《は》ずかしがらないでぇ。せいの、イエーイ！」

声援《せいえん》を求《もと》めるように耳《みみ》に手《て》を当《あ》てたマーメイドを見《み》て、ペペロンが拳《こぶし》を突《つ》き上《あ》げた。

「イエーイでごわす！」

「声《こえ》が小《ちい》さいぞぉ、もう一度《いちど》、イエーイ！」

「イエーイッ！」

さらに大《おお》きな声《こえ》でペペロンが言《い》った。

「OK《オーケー》！　三階席《さんがいせき》、元気《げんき》ぃ？　二階席《にかいせき》、元気《げんき》ぃ？　さぁいい？　行《い》くよぉ、アリーナ!!」

「イエイイエイイエーイッ！」

ペペロンとマーメイドのふたりぼっちのやり取《と》りを、他《ほか》の３人《にん》はしらけた顔《かお》で見守《みまも》った。

「ペペロン、ああいうのが好《この》みだったんじゃな」

「ていうかやっぱり話聞《はなしき》けなさそう。行《い》きましょう」

マヨネの言葉《ことば》にチャップも頷《うなず》いた。その間《あいだ》も、マーメイドは、エアコンサートを続《つづ》け、数万人《すうまんにん》のエア観客《かんきゃく》に向《む》かってキュートに手《て》を振《ふ》っている。

「あーっ、もうやっぱコンサートって最高《さいこう》っ！　みんなサンキュ、、愛《あい》してるぉぉ！」

「イエイイエイイエイイエイイエイ！」

ペペロンだけが、拳《こぶし》を突《つ》き上《あ》げて声援《せいえん》を送《おく》る。

「はぁ、盛《も》り上《あ》がったらノド渇《かわ》いちゃった！　ってことで……」

と言《い》うと、２秒前《びょうまえ》までのキラキラのアイドルオーラがウソのように、マーメイドの周囲《しゅうい》がどす黒《ぐろ》い空気《くうき》に包《つつ》まれた。強気《つよき》なマヨネも、あまりの空気《くうき》の変《か》わりっぷりに思《おも》わず後《あと》ずさる。

「ナ、ナニ？　急《きゅう》に雰囲気《ふんいき》が……」

「あんたたちが持《も》ってる水《みず》っぽいもの、全部出《ぜんぶだ》しなさいっ！」

マーメイドは、マイクの先端《せんたん》からトルネードのような勢《いきお》いで水《みず》を噴射《ふんしゃ》しながら迫《せま》ってきた。

「水《みず》っぽいもの――――っ！」

マイクから噴射《ふんしゃ》された水《みず》は、うねりながら勢《いきお》いよくチャップたちの顔《かお》を直撃《ちょくげき》！

「チャップさん（**ブクブク**）ブタ子《こ》さんの炎《ほのお》で（**ブクブクブク**）対抗《たいこう》するでごわす（**ブクブク**）」

「そうか！　ブクブク　ブタ……（**ブクブクブクブク**）」

「ブヒッ（**ブクブク**）ブヒヒ（**ブクブクブクブク**）」

ブタ子《こ》も鼻《はな》から水《みず》が入《はい》って、とても炎《ほのお》を出《だ》せるような状況《じょうきょう》ではない。

仕方《しかた》なくヒーローマートで買《か》った水《みず》をマーメイドに差《さ》し出《だ》すと、激《はげ》しい水攻撃《みずこうげき》はいったん収《おさ》まった。しかし、ほっとしたのもつかの間《ま》、

「全然足《ぜんぜんた》りなぁい！　もっとちょうだーいっ！」

と叫《さけ》ぶと、マーメイドは、今度《こんど》はマヨネひとりに集中攻撃《しゅうちゅうこうげき》を仕掛《しか》けてきた。

「いや〜〜〜っ！　なんでアタシばっかり〜」

「だってぇ、男《おとこ》の子《こ》を攻撃《こうげき》したら私《わたし》のファンやめちゃうかもしれないじゃない？　ウフッ」

「はぁ!?　ウフッじゃねぇー！」

マジギレ寸前《すんぜん》のマヨネの背中《せなか》に、マーメイドは尾《お》びれで強烈《きょうれつ》な飛《と》び蹴《げ》りを一発《いっぱつ》！

砂漠《さばく》の熱《あつ》い砂《すな》に、マヨネはバタンと倒《たお》れた。このモンスターは、見《み》た目《め》によらずかなり強《つよ》い。倒《たお》れたマヨネにとどめを刺《さ》そうと不敵《ふてき》な笑《え》みを浮《う》かべて近《ちか》づいてくる。

マヨネが危《あぶ》ない！　と、そのとき、チャップがマーメイドの前《まえ》に立《た》ちはだかった。ペペロンとゴブさんも両《りょう》サイドに控《ひか》えている。

「マーメイド！　オレたちの持《も》ってる水《みず》っぽいものはコレで全部《ぜんぶ》だ！」

3人《にん》は右手《みぎて》を高《たか》らかにあげた。それぞれの手《て》に握《にぎ》られていたのは、チャップの使用済《しようず》みティッシュ、ペペロンの使用済《しようず》み靴下《くつした》、ゴブさんが水商売《みずしょうばい》のお姉《ねえ》さんからもらった名刺《めいし》だった。

うわぁ!! サイテイサイアクの水《みず》っぽさ! こんなの絶対触《ぜったいさわ》れない!

「さぁ、受《う》け取《と》ってくれ!」

そう言《い》いながら、3人《にん》は水《みず》っぽいものを突《つ》き出《だ》して、マーメイドににじり寄《よ》る。

「ごめんなさい。手作《てづく》りプレゼントはマネージャーに聞《き》かないと、ちょっと……」

顔《かお》を引《ひ》きつらせ、たじろぐマーメイドに向《む》かって、復活《ふっかつ》したマヨネが魔法《まほう》の杖《つえ》を振《ふ》りかざした。

「さっきはよくもやってくれたわね! いくわよーっ、カラカラ!」

マヨネの魔法《まほう》の杖《つえ》、サリアスタッフの先端《せんたん》についたクリスタルの花飾《はなかざ》りから魔法光線《まほうこうせん》が発射《はっしゃ》され、マーメイドに直撃《ちょくげき》!

「いやぁ――――っ」

さっきまでピチピチだった海《うみ》のアイドルは、あっという間《ま》にシワシワのおばあさんになってしまった……。

「誰《だれ》かぁ、フガフガ、いいエステ紹介《しょうかい》してぇぇ〜〜〜」

とにもかくにも、マーメイド、ゲット!

4　クラーケンとの初対決《はつたいけつ》

「マーメイドは、この辺《あた》りがクラーケンの棲《す》みかだって言《い》ってたんだけど……」

チャップたちは、砂漠《さばく》の大《おお》きな窪地《くぼち》に降《お》り立《た》ち、周囲《しゅうい》を見回《みまわ》してみたが、モンスターの気配《けはい》はない。

すると、マヨネのすぐ後《うし》ろで、何《なに》かが動《うご》いた。気配《けはい》に振《ふ》り向《む》くが、すぐにすっと砂《すな》の中《なか》へ消《き》えてしまった。

「気《き》のせいか……」

「他《ほか》を探《さが》した方《ほう》がよさそうじゃな」

今度《こんど》はゴブさんの真後《まうし》ろにウネウネと何《なに》かが突《つ》き出《で》てきた。それは、10m《メートル》以上《いじょう》はあるイカの触手《しょくしゅ》、先端《せんたん》には鋭《するど》い爪《つめ》がついている。でも、誰《だれ》も気《き》づいていない！

「行《い》くでごわすか」

ペペロンの掛《か》け声《ごえ》でみんなが歩《ある》き出《だ》したときだった。足元《あしもと》の砂《すな》がせり上《あ》がってきた。そして、尻餅《しりもち》をついたチャップたちを持《も》ち上《あ》げるように、砂《すな》の中《なか》から巨大《きょだい》なイカのモンスター・クラーケンが姿《すがた》を現《あらわ》した。

「ヌワワワァ―――」

クラーケンの大《おお》きな体《からだ》が青空《あおぞら》と太陽《たいよう》を覆《おお》い、辺《あた》りは暗《くら》くなる。触手《しょくしゅ》だけで10m《メートル》を超《こ》えていたのだ。その本体《ほんたい》は、大《おお》きな窪地《くぼち》がすっかり覆《おお》われてしまうほどで、うなり声《ごえ》ひとつで地響《じひび》きが起《お》きる。クラーケンは長《なが》い触手《しょくしゅ》を振《ふ》り上《あ》げた。

「来《く》る！」

グッと戦闘《せんとう》モードになって身構《みがま》えたチャップをかばうように、ペペロンが前《まえ》に出《で》た。

「ここは、おいどんに任《まか》せるでごわす！　力《ちから》には力《ちから》で勝負《しょうぶ》でごわす！」

ペペロンは腰《こし》につけたジャラホルダーからジャラをひとつ取《と》って、フェアリポンにセットした。

「ウッドアックス！」

すると、デカ化《か》されたウッドアックスがペペロンの太《ふと》い腕《うで》にしっかりと装備《そうび》された。ウッドアックスは、**『クロリス』**製《せい》でもっとも一般的《いっぱんてき》な木製《もくせい》の斧《おの》だ。ペペロンは力持《ちからも》ちなので、斧《おの》のような重《おも》たい武器《ぶき》で相手《あいて》に強《つよ》い打撃《だげき》を与《あた》えるのが得意《とくい》だ。

「いくでごわす！」

ペペロンはクラーケンの触手《しょくしゅ》に向《む》かって突進《とっしん》した。

カキンッ、カンカンッ！

爪《つめ》の堅《かた》い部分《ぶぶん》と斧《おの》が当《あ》たる乾《かわ》いた音《おと》が砂漠《さばく》に響《ひび》く。ペペロンは、クラーケンの触手《しょくしゅ》をうまくねじ伏《ふ》せ、斧《おの》を振《ふ》り上《あ》げた！

いくぞーっ、触手《しょくしゅ》をぶった切《ぎ》りだ！　だが、弾力《だんりょく》のあるクラーケンの皮膚《ひふ》にウッドアックスはバイィ——ンッと跳《は》ね返《かえ》され、ペペロンは反動《はんどう》で青空《あおぞら》の遥《はる》か彼方《かなた》へ飛《と》んで行《い》ってしまった。

「斧《おの》だけにオーノーでごわすぅ！」

ペペロンの嘆《なげ》き声《ごえ》が空《そら》から聞《き》こえてくる。

「ならば、わしの最強呪文《さいきょうじゅもん》を……」

言《い》い終《お》える前《まえ》に、ゴブさんはクラーケンのたくさんある足《あし》の一本《いっぽん》に捕《つか》まり、締《し》め付《つ》けられた。

「オエェー」

「マヨネ、カラカラ魔法《まほう》だ！」

チャップはマヨネに叫《さけ》んだ。マヨネはクラーケンめがけてグッと杖《つえ》を突《つ》き出《だ》した。

「いくわよ！　カラカラ！」

「グウォオオオ――、オォオオ――」

魔法光線《まほうこうせん》を浴《あ》びたクラーケンの巨体《きょたい》から、みるみるうちに水分《すいぶん》が蒸発《じょうはつ》していく。そして、イカの巨大《きょだい》モンスターは、ペラペラの巨大《きょだい》するめになってしまった。

チャップは拳《こぶし》を高《たか》く振《ふ》り上《あ》げて飛《と》び跳《は》ねた。

「やったーっ！　一発《いっぱつ》で、クラーケンにカンゼンカンペキに倒《たお》したぞ！」

「勝《か》ったでごわす！」

「ウフフッ、やったね！」

いつもキレてばかりのマヨネだが、自分《じぶん》の呪文《じゅもん》でクラーケンを倒《たお》せた喜《よろこ》びに女《おんな》の子《こ》らしくかわいい笑《え》みを見《み》せた。

「しかし、この状態《じょうたい》からどうやって究極保湿《きゅうきょくほしつ》クリームを採取《さいしゅ》すればいいんじゃろ？」

あれ……？　確《たし》かにゴブさんの言《い》う通《とお》り、干《ひ》からびたクラーケンからは、クリームどころか一滴《いってき》の水《みず》も取《と》れない。つまりそれって……カラカラ魔法《まほう》じゃダメだってこと!?

「あーあ、ダメなのかぁ。どうしようかなぁ……」

チャップは巨大《きょだい》するめを困《こま》った顔《かお》で見《み》つめていたが、すぐに何《なに》かを閃《ひらめ》いて、

「あ、そうだ！」

と、スナックを取《と》り出《だ》しフェアリポンにセットした。呼《よ》び出《だ》したのは、マーメイド！

マーメイドは不機嫌《ふきげん》に頬杖《ほおづえ》をついて現《あらわ》れた。

「ちょっと困《こま》るなぁ、今《いま》、プライベートなんだけどぉ」

「マーメイド、水攻撃《みずこうげき》でクラーケンに水分《すいぶん》をあげてくれ！」

「はぁ!?　なんでアイドルがそんなことしなきゃなんないの？」

「お願《ねが》い！　オレも応援《おうえん》するから」

「おいどんもマーメイドさんのホームページ、見《み》に行《い》くでごわす！」

単純《たんじゅん》なマーメイドは、ふたりの言葉《ことば》に気《き》をよくしたようだ。すぐにアイドルスイッチをオンにして、マイク片手《かたて》にキュートなスマイルを見《み》せた。

「しょうがないなっ！　わかったわ、ファンの願《ねが》いを叶《かな》えるのもアイドルの宿命《しゅくめい》よね。キャハッ！　いくわよぉ、準備《じゅんび》はいい？　イエーイ！」

マイクから大量《たいりょう》の水《みず》を、巨大《きょだい》スルメに噴射《ふんしゃ》する。

「イエイイエイ！　じゃんじゃんいっちゃうぞー！」

マーメイドは、どんどんどんどん水《みず》をかける。すると、みるみるうちにクラーケンの体《からだ》に水分《すいぶん》が戻《もど》り、するめから巨大《きょだい》なモンスターへと戻《もど》り始《はじ》めた。

「イエーイ！　砂漠《さばく》のクラーケン、元気《げんき》ぃ？」

「ウェ――」

「あれ？　聞《き》こえないなぁ。もっとお水《みず》をあげちゃうぞぉ！　イエイイエイイエーイ！」

マーメイドは張《は》り切《き》って、水《みず》をじゃんじゃん大放出《だいほうしゅつ》！

「イエイイエイイエイー！」

「ぬわわわぁ――」

クラーケンは、さっきの倍以上《ばいいじょう》の大《おお》きさに膨《ふく》れ上《あ》がった。

「なんか、前《まえ》より元気《げんき》になってるよね……？」

マヨネはイヤな予感《よかん》がした。

そして、カンゼンカンペキにパワーアップしたクラーケンは、チャップたちめがけて大《たい》量《りょう》のイカスミを噴射《ふんしゃ》！　チャップたちは真《ま》っ黒《くろ》になって砂漠《さばく》の真《ま》ん中《なか》に立《た》ち尽《つ》くしたのだった……。

5　なんでも斬《き》ることができる剣《けん》!?

クラーケンに敗北《はいぼく》しフレンチトースターに戻《もど》ったチャップたちは、どうすればクラーケンのぷにぷにの触手《しょくしゅ》を切《き》ることができるのか悩《なや》んでいた。そして、**『なんでも斬《き》ることができる剣《けん》』**がカルボナーラの店《みせ》でセール中《ちゅう》だと聞《き》きつけ、その剣《けん》をゲットして町《まち》の広場《ひろば》に戻《もど》ってきた。

チャップは、目《め》の前《まえ》の剣《けん》の入《はい》っている黒《くろ》い箱《はこ》をまじまじと見《み》た。あまり大《おお》きくないその箱《はこ》は、金文字《きんもじ》が書《か》かれていていかにも高級《こうきゅう》そうだ。

「どんな剣《けん》なんだろう？　この大《おお》きさだから短剣《たんけん》かな」

「なんでも斬《き》ることができる剣《けん》、ってぐらいだから相当立派《そうとうりっぱ》なんでしょうね」

マヨネも早《はや》く開《あ》けてみたくてウズウズしている。

「では、チャップ、開《あ》けるがいい」

ゴブさんの号令《ごうれい》で、チャップは箱《はこ》を開《あ》けた。４人《にん》とブタ子《こ》は、息《いき》を飲《の》んで中《なか》を見《み》た。

すると、金色《きんいろ》に光《ひか》り輝《かがや》く**『けん』**が一本《いっぽん》……ではなく一枚入《いちまいはい》っていた。それは、「なんでも斬《き》ることができる剣《けん》」ではなく**『なんでも着《き》ることができる券《けん》』**だったのだ。

えええええ――――っ!!

「斬《き》る」じゃなくて「着《き》る」、「剣《けん》」じゃなくて「券《けん》」だったってこと？　そんなぁ……どおりで、チャップたちが店《みせ》を出《で》た瞬間《しゅんかん》に、カルボナーラはすぐに店《みせ》じまいにしたわけだ。

またあの爺《じい》さんに一杯食《いっぱいく》わされてしまったようだ。

「待《ま》て。これは大陸商業組合公認《たいりくしょうぎょうくみあいこうにん》で、買《か》う前《まえ》にいったん装備《そうび》してチェックできる券《けん》らしいぞい。あながち騙《だま》されたわけじゃないようじゃ」

ゴブさんがガラパゴスフォンで調《しら》べた結果《けっか》を言《い》うと、マヨネがブチギレた。

「ナニのん気《き》なこと言《い》っててんのよっ！　こんなの意味《いみ》ないじゃないの！　文句言《もんくい》いに行《い》か

なくちゃ！　あのオヤジ、また変《へん》なの売《う》りつけて!!」

「またマヨネがカリカリしておる。一度《いちど》みんなで考《かんが》えねばならんな。マヨネが**『なんでもキレる件《けん》』**について」

「はぁ!?　今《いま》なんつった？」

鋭《するど》くとがったマヨネの杖《つえ》の先端《せんたん》が、ゴブさんの頬《ほお》に突《つ》き当《あ》てられた。

「キレてなんかないわよ、どこがキレてんのよ！」

「それをキレると言《い》わずなんというんじゃ……ひーっ、今度《こんど》はわしの顔《かお》が切《き》れるわいっ！」

ふたりのやり取《と》りを完全《かんぜん》にスルーして、チャップはため息《いき》をついた。

「はぁ。早《はや》くクラーケンを倒《たお》して保湿《ほしつ》クリームをゲットしないと、メローラ姫《ひめ》の肌《はだ》がぁ……

ああ、メローラ姫《ひめ》のお肌《はだ》ぁぁぁぁ」

体《からだ》をくねらせて鼻《はな》からムフフッと変《へん》な息《いき》を漏《も》らし始《はじ》めたチャップに、マヨネのハリセンがヒット！　かと思《おも》いきや、間一髪《かんいっぱつ》、うまくかわしたチャップは、ちょうど走《はし》ってきた少《しょう》女《じょ》とぶつかってしまった。

「ご、ごめんなさい」

少女《しょうじょ》はか細《ぼそ》い声《こえ》で言《い》った。

「こっちこそ、ごめん。あれ？　君《きみ》はあのときの……」

そのかわいい女《おんな》の子《こ》、ペンネにチャップは見覚《みおぼ》えがあった。ついこの前《まえ》、盗賊《とうぞく》に追《お》われていたところを助《たす》けてあげたのだ。

「ケガはなかった？」

「大丈夫《だいじょうぶ》。お兄《にい》ちゃん、またね」

そう言《い》うと、ペンネは走《はし》って行《い》ってしまった。そこに、盗賊《とうぞく》のタルタルが現《あらわ》れた。

「ペンネ――――ッ！　この前《まえ》の借《か》りを返《かえ》すぞ――――っ！」

どうやらペンネを追《お》ってきたようだ。

「あーっ！　またアイツだ！」

「懲《こ》りないヤツね」

この前《まえ》ペンネを助《たす》けたときも、ペンネはタルタルに追《お》われていたのだ。

タルタルは、ごわごわの長髪《ちょうはつ》に顎《あご》ひげ、目《め》つきも悪《わる》く、いかにも悪人風《あくにんふう》だけど、本当《ほんとう》はお人好《ひとよ》し。この前《まえ》ペンネから花《はな》を買《か》おうとして、ぼったくられたのはタルタルの方《ほう》だった。

けれど、チャップたちはすっかり勘違《かんちが》いして、タルタルを捕《つか》まえてとっちめたのだ。

ペンネは逃《に》げながら、チャップたちに聞《き》こえるようにわざとかわいい声《こえ》で言《い》った。

「いやーんっ、怖《こわ》い――――！」

すると、ペンネの策略通《さくりゃくどお》り、今回《こんかい》もまたチャップたちはタルタルを捕《つか》まえてしまった。

ペンネは、目《め》をウルウルさせてチャップに言《い》った。

「お兄《にい》ちゃん、いつもありがとう！　じゃあねー」

でも、路地裏《ろじうら》まで来《く》ると、ペンネの態度《たいど》はガラリと変《か》わり、去《さ》り際《ぎわ》にチャップからすったモノを見《み》て舌打《したう》ちした。

「チッ！　ナニコレ？　お金《かね》じゃないじゃん！」

ペンネは、金色《きんいろ》に輝《かがや》く紙《かみ》を放《ほう》り投《な》げ、行《い》ってしまった。

一方《いっぽう》、捕《つか》まって樽《たる》を被《かぶ》せられたタルタルは足《あし》をバタバタさせて言《い》った。

「だから俺《おれ》は悪《わる》くないんだって！　悪《わる》いのはアイツで……」

そこへ、金色《きんいろ》に輝《かがや》く紙《かみ》がひらひらと舞《ま》い落《お》ちた。

「あれ？　コレは……」

チャップがポケットを探《さぐ》ると、『なんでも着《き》ることができる券《けん》』が消《き》えていた。

「さては！　さっき、ぶつかったときにコイツがすったのよ、きっと」

マヨネはタルタルを指《ゆび》さした。

「ち、違《ちが》う！　なんだか知《し》らねーが、俺《おれ》じゃない、ペンネだよ。違《ちが》うんだってばー！」

タルタルの叫《さけ》び声《ごえ》が路地裏《ろじうら》に響《ひび》く。勘違《かんちが》いされやすい哀《あわ》れな盗賊《とうぞく》は、なにも悪《わる》いことをしていないのに、今日《きょう》もチャップたちにとっちめられてしまうのであった。

その後《ご》、クラーケン攻略法《こうりゃくほう》が見《み》つからず困《こま》り果《は》てて町《まち》をさまよっていたチャップたちのもとに、どこからともなく、シンデレラ隊長《たいちょう》が姿《すがた》を現《あらわ》し、ガトリング砲《ほう》をさく裂《れつ》させた。

「おい、てめぇら、ナニ、メソメソ泣《な》き言《ごと》言《い》ってんだよ！　もう一度《いちど》、根性叩《こんじょうたた》き直《なお》してやろうか！」

そして、隊長《たいちょう》からカルボナーラがデストロイヤーアックスというなんでも斬《き》ることができる斧《おの》を持《も》っていると聞《き》いたチャップたちは、もう一度《いちど》、武器屋《ぶきや》を訪《たず》ねた。

カルボナーラはカウンターの奥《おく》からデストロイヤーアックスを取《と》り出《だ》すと、自慢《じまん》げに言《い》った。

「これがデストロイヤーアックスだ。すごいだろう！　こんな武器《ぶき》が手《て》に入《はい》るのはうちぐらいなもんだな」

その斧《おの》は、普通《ふつう》の斧《おの》より一回《ひとまわ》り大《おお》きく、取《と》っ手《て》から刃先《はさき》までブルークリスタルで作《つく》られている。それをゴールドで補強《ほきょう》してあり、見《み》た目《め》も強《つよ》さも最高《さいこう》ランクの武器《ぶき》だ。

「砂漠《さばく》のクラーケンを倒《たお》すためにそれが必要《ひつよう》なんじゃ」

「確《たし》かにこのデストロイヤーアックスなら、なんでもシュッパーンッと斬《き》ることができるが、残念《ざんねん》ながらこれは非売品《ひばいひん》でな。いくらチャップたちの頼《たの》みでも売《う》れないんだ」

斧《おの》を大事《だいじ》そうにしまおうとするカルボナーラをしり目《め》に、チャップたちは顔《かお》を合《あ》わせてニンマリとした。

「じゃあ、**『なんでも着《き》ることができる券《けん》』**で装備《そうび》させて」

チャップは、例《れい》の券《けん》をドヤ顔《がお》でカルボナーラに差《さ》し出《だ》した。

「うぐぐっ、それは……」

「だってコレ大陸商業組合公認《たいりくしょうぎょうくみあいこうにん》の券《けん》よね。ルールを守《まも》らなかったらお店《みせ》を続《つづ》けられなくなっちゃうんじゃないのかなぁ」

マヨネが意地悪《いじわる》く微笑《ほほえ》んだ。

「うぬぬぅ……わかったよぉ」

カルボナーラはしぶしぶ斧《おの》をチャップに手渡《てわた》した。さっそく、ペペロンが装備《そうび》してみる。

「おおおっ、力《ちから》がみなぎってくるでごわす！　これでクラーケンも真《ま》っ二《ぷた》つでごわす！」

「おいっ、もういいだろ、返《かえ》せ！」

カルボナーラがカウンターから手《て》を伸《の》ばすと、チャップたちは出口《でぐち》の方《ほう》へ。

「おいちょっと！　どこ行《い》くつもりだ！」

「ちょっと外《そと》の風《かぜ》を……てか、素振《すぶ》りとかしてみたりして〜」

そして外《そと》に出《で》た瞬間《しゅんかん》、チャップたちは猛《もう》ダッシュした。

「これーっ、待《ま》たんかー！」

いつもはカルボナーラに騙《だま》されてばかりのチャップたちだが、今回《こんかい》は珍《めずら》しく騙《だま》し返《かえ》すことに成功《せいこう》した。

そして、さっそくデストロイヤーアックスを手《て》に、砂漠《さばく》でクラーケンと再対決《さいたいけつ》！見事《みごと》に、なんでも斬《き》れる斧《おの》でクラーケンの足《あし》を一本《いっぽん》、シュパ――ンッと切《き》り落《お》とした！　……ところまではよかった。しかし、切《き》り離《はな》された足《あし》は一瞬《いっしゅん》で干《ひ》からび、またまたスルメのゲソになってしまった。結局《けっきょく》、究極保湿《きゅうきょくほしつ》クリームを採取《さいしゅ》することはできず、さらに足《あし》を切《き》られ怒《いか》り狂《くる》ったクラーケンにイカスミ攻撃《こうげき》でふっ飛《と》ばされ、チャップたちはカンゼンカンペキに負《ま》けてしまった……。

6　あ然《ぜん》！　究極保湿《きゅうきょくほしつ》クリームの正体《しょうたい》

クラーケンに完敗《かんぱい》し、町《まち》に戻《もど》ったチャップたちは広場《ひろば》で作戦会議《さくせんかいぎ》を開《ひら》いていた。

「これ以上《いじょう》、姫《ひめ》を待《ま》たせたらわしらはお役御免《やくごめん》。二度《にど》と姫《ひめ》にお目通《めどお》りできんかもしれんぞい」

「お目通《めどお》りできない!?　やだやだやだやだー！　絶対《ぜったい》ヤダ!!」

ゴブさんの言葉《ことば》に、チャップは駄々《だだ》っ子《こ》のように地面《じめん》に寝転《ねころ》がってバタバタしたが、突《とっ》然《ぜん》立《た》ち上《あ》がると格好《かっこう》つけて言《い》った。

「力《ちから》づくが通用《つうよう》しないなら、原料《げんりょう》をもらえないか、直接《ちょくせつ》クラーケンにお願《ねが》いするしかない！」

「でもクラーケンにアタシたちの言葉《ことば》は通《つう》じないわよ。チャップがイカ語《ご》でも喋《しゃべ》れるなら話《はなし》は別《べつ》だけど」

マヨネが言《い》うと、チャップは考《かんが》えなしに答《こた》えた。

「イカ語《ご》ぐらい喋《しゃべ》れるよ。原料《げんりょう》ほしいイカ！　ほんっとに困《こま》ってるイカ！」

「あ！　もしかしたら同《おな》じ海《うみ》のモンスターならわかるかも……」

「海《うみ》のモンスター？　いるいる！　海《うみ》のモンスター！」

チャップは名案《めいあん》を閃《ひらめ》いたようだ。

これで今度《こんど》こそカンゼンカンペキ、究極保湿《きゅうきょくほしつ》クリームをゲットできる！　タブン！

クラーケンの棲《す》みかに到着《とうちゃく》したチャップたちは、フェアリポンで、海《うみ》のモンスター、マーメイドを呼《よ》び出《だ》した。マーメイドは、アイドルとしてイカの国《くに》にも進出《しんしゅつ》しようと、ちょうどイカ語会話《ごかいわ》を勉強中《べんきょうちゅう》。事情《じじょう》を話《はな》すとファンの頼《たの》みならと通訳《つうやく》を引《ひ》き受《う》けてくれた。

チャップは、さっそく砂《すな》の中《なか》のクラーケンを呼《よ》んだ。

「おーいっ！　クラーケ――ン！」

「ヌワァァァ――」

ドスのきいたうなり声《ごえ》をあげ、クラーケンが砂《すな》の中《なか》からぬわっと姿《すがた》を現《あらわ》した。

「クラーケン、今日《きょう》は戦《たたか》いに来《き》たんじゃない！　オレの話《はなし》を聞《き》いてくれ」

「グワワワワァ――」

不機嫌《ふきげん》そうなクラーケンのうなり声《ごえ》に、ペペロンは身震《みぶる》いした。

「この前足《まえあし》を斬《き》ったことを、まだ怒《おこ》っているでごわすか？」

「マーメイド、なんて言《い》ってるの？　まさか、オマエたちを八《や》つ裂《ざ》きにしてやるぜ！　グエへへへ、とか……？」

クラーケンの凄《すさ》まじい声《こえ》に、チャップも不安《ふあん》になってマーメイドに尋《たず》ねた。

「ううん！　ヘイッ、ベイビーたちぃ！　このクラーケンちゃんになに用《よう》？　ウェーイ！　だって」

チャラチャラ魔法《まほう》をかけたようなマーメイドの通訳《つうやく》に、チャップたちは顔《かお》を見合《みあ》わせた。

「クラーケン、意外《いがい》とチャラいヤツだったんだぁ」

その後《ご》もクラーケンが足《あし》をバタつかせてうなるたびに、マーメイドが訳《やく》す。

「このクラーケンに話《はなし》があるって？　カワイ子《こ》ちゃんの話《はなし》なら聞《き》くけどね！　ウェーイ！　だって」

「カワイ子《こ》ちゃん」と聞《き》いて、マヨネが、一歩前《いっぽまえ》に進《すす》み出《で》た。

「アタシ、こう見《み》えても見《み》た目《め》には自信《じしん》が……」

「グゥエエエエ――――」

「先《さき》に言《い》っておくけど、君《きみ》はタイプじゃないぜ！　ウェーイ！」

「なんなのよ、ソレ！」

「クラーケンが面食《めんく》いじゃったとは」

そう言《い》ったゴブさんの頬《ほお》を、マヨネは怖〜い顔《かお》をして杖《つえ》の先端《せんたん》で突《つ》いた。

「ちょっとソレどーゆー意味《いみ》？」

一方《いっぽう》、通訳《つうやく》マーメイドは、アイドルっぽく頬《ほお》に指《ゆび》を当《あ》て、口《くち》をとがらせ考《かんが》えている。

「う〜ん、チャラいオスイカにはぁ、スタイル抜群《ばつぐん》、シャキーン・ストーン・クネクネ〜なメスイカで色仕掛《いろじか》けするしかないわね」

イカの国《くに》では、ボン・キュッ・ボンではなく、シャキーン・ストーン・クネクネ〜がセクシーなスタイルのようだ。

「でもここにはメスイカはおらんし」

「交渉決裂《こうしょうけつれつ》でごわすか」

すると、マヨネが何《なに》か閃《ひらめ》いたように「あっ！」と声《こえ》をあげた。

「マヨネどうした？」

「ううん、なんでもない」

「怪《あや》しいなぁ！　さては何《なに》かいい方法《ほうほう》を思《おも》いついたんでしょ？」

「え……いや、あのね…うーん……さっきのモンスターの能力《のうりょく》を使《つか》えばなんとかなるかなあって」

さっきのモンスターとは、砂漠《さばく》を渡《わた》ってくる途中《とちゅう》で、スナック登録《とうろく》した**『クローン』**のことだ。黒《くろ》く小《ちい》さな体《からだ》に大《おお》きな黄色《きいろ》い目《め》、鳥《とり》のように群《む》れで空《そら》を飛《と》んで移動《いどう》するクローンの特技《とくぎ》は、人《ひと》の姿《すがた》をいろんなものに変《か》えてしまうことだ。その能力《のうりょく》を使《つか》えばメスイカに変《へん》身《しん》することもできるはずだとマヨネは思《おも》ったのだ。

「けど、イカって絶対臭《ぜったいくさ》いし、絶対《ぜったい》ヌメヌメしてるし！　アタシは絶対《ぜったい》イヤ！」

全力《ぜんりょく》で拒否《きょひ》するマヨネを、男子《だんし》チームが冷《ひ》ややかな目《め》で見《み》た。

「さっき、せっかく**『ペファニー』**のペンダント、あげたのにね」

「やっぱりゴブさんにあげればよかったでごわすかね」

「そうじゃな」

みんなの言葉《ことば》にマヨネはギクッとした。確《たし》かに、クローンが落《お》とした宝箱《たからばこ》の中身《なかみ》、ペファニーのピンクゴールドのハートのペンダントはマヨネがいただいた。ペファニーは、女子《じょし》に大人気《だいにんき》のブランドで、マヨネもずっとずーっと前《まえ》からこのペンダントが欲《ほ》しかったのだ。マヨネは、首《くび》からさげたペンダントを握《にぎ》りしめた。

「わかった、わかった、わっかりましたっ！　も～、仕方《しかた》ないなぁ」

マヨネは、しぶしぶとヌメヌメのメスイカに変身《へんしん》することを承諾《しょうだく》した。

クローンの力《ちから》で、ピンク色《いろ》のメスクラーケンに変身《へんしん》したマヨネを見《み》て、クラーケンは激《はげ》しくうなった。

「怒《おこ》らせてしまったでごわすか⁉」

「こうなったら……」

背負《せお》った剣《けん》に手《て》をかけたチャップをマーメイドが制《せい》した。

「ちょっと待《ま》って！　ヒューッ！　君《きみ》の話《はなし》ならなんでも聞《き》くよ！　だって」

「へえ……マヨネ、イカのままの方《ほう》がモテるんじゃない？」

失礼《しつれい》なチャップをマヨネは触手《しょくしゅ》で叩《たた》きつぶした。クラーケンは、マヨネに向《む》かってさらに大《おお》きなうなり声《ごえ》を出《だ》し、何《なに》かを一生懸命《いっしょうけんめい》伝《つた》えようとしている。

「こんな砂漠《さばく》で仲間《なかま》に会《あ》えるなんて、君《きみ》も海《うみ》に棲《す》めなくなったのかい？　だって」

「えっ？　海《うみ》に棲《す》めなくなったって、どういうこと？」

マーメイドにイカ語《ご》の通訳《つうやく》をお願《ねが》いしながら、チャップたちは事情《じじょう》を聴《き》いてみた。クラーケンの悲痛《ひつう》なうなり声《ごえ》に、マーメイドは悲《かな》しげな表情《ひょうじょう》を浮《う》かべた。

「そうだったの……」

「どうしたでごわすか？」

マーメイドは、クラーケンの悲《かな》しい過去《かこ》を語《かた》り始《はじ》めた。

クラーケンはもともと、はるか遠《とお》く、色《いろ》とりどりの魚《さかな》たちが泳《およ》ぐ美《うつく》しい海《うみ》の一番深《いちばんふか》いところで、仲間《なかま》たちとともに平和《へいわ》に暮《く》らしていた。しかしあるとき、近《ちか》くの島《しま》に工場《こうじょう》が建《た》ち、そこから不法《ふほう》に流《なが》される排水《はいすい》のせいで海《うみ》は汚《よご》れ、仲間《なかま》たちは次々《つぎつぎ》と息絶《いきた》えていった。美《うつく》しかった海《うみ》は、すっかり死《し》の海《うみ》になり、棲《す》む場所《ばしょ》を奪《うば》われたクラーケンは、仕方《しかた》なく砂漠《さばく》に棲《す》み始《はじ》めたのだという。

そのとき、クラーケンがひときわ大《おお》きくうなった。

「僕《ぼく》は決《けっ》して忘《わす》れない。あの日《ひ》、ドブ色《いろ》になってしまった海《うみ》から見《み》たいまいましい工場群《こうじょうぐん》。ビネガーエンタープライズの名《な》を……」

通訳《つうやく》を聞《き》いたチャップは驚《おどろ》いてクラーケンを見《み》た。

「ビネガー!?　君《きみ》も、ビネガーに……」

「ただ儲《もう》けたいがために海《うみ》を犠牲《ぎせい》にしたでごわすか…」

「アイツだけは許《ゆる》さない！　絶対《ぜったい》に絶対《ぜったい》に絶対《ぜったい》に、倒《たお》す!!」

チャップは砂《すな》の大地《だいち》を何度《なんど》も叩《たた》いて誓《ちか》った。

それから、すっかり打《う》ち解《と》けたクラーケンは、チャップたちに優《やさ》しくうなった。

「ところで僕《ぼく》に何《なに》か用《よう》があるんだろ？　だって」

「マーメイド、保湿《ほしつ》クリームが欲《ほ》しいって伝《つた》えて」

メスイカ姿《すがた》のマヨネが言《い》うと、マーメイドはクラーケンにイカ語《ご》で伝《つた》え、さらにその答《こた》えを訳《やく》した。

「僕《ぼく》の保湿《ほしつ》クリームが欲《ほ》しいだって？　君《きみ》はずいぶんマニアックな趣味《しゅみ》を持《も》ってるんだな、ウェーイ！　だって」

「マニアック？　それってどういう意味《いみ》？」

すると、クラーケンは部下《ぶか》である人魚男《にんぎょおとこ》の『**マーマン**』を呼《よ》んだ。マーマンたちは仰々《ぎょうぎょう》しく、大理石《だいりせき》でできた太《ふと》くて長《なが》い柱《はしら》を2本担《ほんかつ》いでくると、窪地《くぼち》の中央《ちゅうおう》に適度《てきど》な間隔《かんかく》をあけて突《つ》き刺《さ》した。

「なんと厳《おごそ》かな……神聖《しんせい》なる儀式《ぎしき》でも始《はじ》まるのかのう」

「見《み》ているこちらまで身《み》が引《ひ》き締《し》まるでごわす」

ゴブさんとペペロンは、固唾《かたず》を飲《の》んで儀式《ぎしき》が始《はじ》まるのを見守《みまも》った。マーマンたちは、今《こん》度《ど》は歌《うた》いながら、巨大《きょだい》な白《しろ》い壺《つぼ》をおみこしのように担《かつ》いできた。そして、2本《ほん》の柱《はしら》の間《あいだ》に、その壺《つぼ》を大事《だいじ》そうに置《お》き、荘厳《そうごん》なメロディーの歌《うた》を歌《うた》い続《つづ》けた。

♪ くだれや　くだれ　歓《よろこ》びのかたまり
くだれや　くだれ　詰《つ》まることなく
もーりもーり　もーりもり
もーりもーり　もーりもり
きょうの日《ひ》も　いざいでよ
歓《よろこ》びの　ときは〜き〜た〜

クラーケンは、壺《つぼ》にまたがり、柱《はしら》を握《にぎ》るように触手《しょくしゅ》を巻《ま》きつけると、歌《うた》に合《あ》わせて何《なに》かを絞《しぼ》り出《だ》すように上《うえ》から下《した》へ身体《からだ》を揺《ゆ》すり始《はじ》めた。
「一体《いったい》、なんの歌《うた》なんだろう……」
チャップたちが見《み》つめる先《さき》で、クラーケンの大《おお》きなうなり声《ごえ》が天高《てんたか》く響《ひび》き、天《てん》から窪地《くぼち》に向《む》かって光《ひかり》が降《ふ》り注《そそ》ぐ。

♪　**もーりもーり　もーりもり**
もーりもーり　もーりもり

目《め》の前《まえ》で繰《く》り広《ひろ》げられる光景《こうけい》を見《み》て、歌《うた》の意味《いみ》がわかったチャップはあ然《ぜん》として言《い》った。

「コレが究極保湿《きゅうきょくほしつ》クリームの正体《しょうたい》……」

儀式《ぎしき》を終《お》え、心《こころ》なしかスッキリした顔《かお》のクラーケンが、ひとつうなった。マーメイドは、鼻《はな》をつまみ、目《め》をぎゅっと閉《と》じたまま訳《やく》した。

「欲《ほ》しかったらいつでも言《い》ってね！　ウェーイ！　だって……」

まあ、とにかく、究極保湿《きゅうきょくほしつ》クリーム、ゲット！

「でかしたぞ、チャップ！　よくやった！」

お城《しろ》に戻《もど》ると、王様《おうさま》はチャップを褒《ほ》めたたえた。しかし、チャップは、手《て》にした保湿《ほしつ》クリームの小瓶《こびん》をどうしても姫《ひめ》に渡《わた》せずにいた。マーマンの歌声《うたごえ》とともに、あのとき、、あのときの光景《こうけい》がこびりついて離《はな》れないのだ。メローラ姫《ひめ》は、ためらうチャップの手《て》から小瓶《こびん》を奪《うば》い取《と》ると、さっそくフタを開《あ》けた。

「サンキュー、チャップ〜！　さっそく美《うつく》しくなっちゃおう〜っと」

「あの、メローラ姫《ひめ》」

「どうしたの？」

ああ、ダメだ。チャップの目《め》の前《まえ》に、柱《はしら》につかまったクラーケンの気《き》張《ば》り顔《がお》と白《しろ》い壺《つぼ》が浮《う》かぶ。

「あの、あの、その……」

「あっ！　さては、ぷるっぷるになったアタシのスッピンを見《み》たいんでしょう？　いいわ！　一番最初《いちばんさいしょ》に見《み》る権利《けんり》、チャップにあ・げ・る！」

メローラ姫《ひめ》は、セクシーに唇《くちびる》をとがらせると、小瓶《こびん》のふたを開《あ》けた。チャップは、固《かた》く目《め》を閉《と》じ、振《ふ》り返《かえ》りもせず、出口《でぐち》へと歩《ある》き始《はじ》めた。仲間《なかま》たちも何《なに》も言《い》わずチャップに続《つづ》いた。

「もう、チャップったら、照《て》れ屋《や》なんだから！」

何《なに》も知《し》らないメローラ姫《ひめ》は、たっぷりと究極《きゅうきょく》保湿《ほしつ》クリームをすくいあげた。

「う〜ん、いい香《かお》り！　うわ〜しっとりぃ〜！　肌《はだ》にぐんぐん染《し》み込《こ》んでくぅ〜！　そうだ、唇《くちびる》にも塗《ぬ》っちゃおう〜っと！　これでお肌《はだ》も唇《くちびる》もぷるっぷるっ♪　うふふっ」

（あぁ、やめてー、メローラ姫《ひめ》、お願《ねが》い！　お願《ねが》いだから唇《くちびる》にだけは塗《ぬ》らないで〜！）

チャップは心《こころ》の中《なか》でそう叫《さけ》びながら、お城《しろ》を飛《と》び出《だ》したのだった。

第《だい》3章《しょう》

セイレーン姉《し》妹《まい》
命《いのち》がけの愛《あい》

1　森《もり》のスーパー探検家《たんけんか》・ピーターパンパン

フレンチトースターのお城《しろ》から広場《ひろば》へ続《つづ》く道《みち》を、マヨネはプリプリ怒《おこ》りながら歩《ある》いていた。

「ほんと信《しん》じらんないっ！　なんであんな無理難題《むりなんだい》、引《ひ》き受《う》けちゃうかなぁ」

「あんなセクシーに頼《たの》まれたら、やるしかないだろぉ」

チャップは、さっき玉座《ぎょくざ》の間《ま》で見《み》たメローラ姫《ひめ》のセクシーな姿《すがた》を思《おも》い出《だ》してデレデレした。

姫《ひめ》は角質《かくしつ》をキレイにしてくれる小魚《こざかな》に足先《あしさき》をツンツンつまれながら、気持《きも》ちよさそ～に目《め》を薄《うす》く閉《と》じ、口《くち》を半開《はんびら》きにして、なまめかしい吐息《といき》を漏《も》らしながらチャップに言《い》った。

「お願《ねが》～いっ、**『セイレーン姉妹《しまい》』**の持《も》ってる**『ほれ薬《ぐすり》』**が欲《ほ》しいのぉ～」

しかし、モテモテの姫《ひめ》が、何故《なぜ》ほれ薬《ぐすり》なんて欲《ほ》しがるのだろう？

「誰《だれ》か思《おも》いを寄《よ》せている人物《じんぶつ》でもいるのでごわすかね」

ペペロンの疑問《ぎもん》に、チャップは、ハッとして立《た》ち止《ど》まった。

「はっ⁉　もしかして、それって……オレ⁉　もしかしてもしかしてぇ、メローラ姫《ひめ》のところにほれ薬《ぐすり》を持《も》っていったら、**『お願《ねが》いチャップ、これを飲《の》んでぇ』**とかなっちゃったりなんかしてぇ」

すっかり妄想《もうそう》モードに突入《とつにゅう》したチャップに、マヨネがハリセンの一撃《いちげき》を放《はな》つ。しかも今《こん》回《かい》は、ハリセンの持《も》ち手《て》の方《ほう》で、チャップを思《おも》いきりはたいたので、コーンッと堅《かた》い音《おと》が響《ひび》いた。

「痛《いて》ぇぇぇ‼　堅《かた》い部分《ぶぶん》で叩《たた》くのはナシだってー！」

「あり得《え》ない妄想《もうそう》してるからでしょっ」

「なんであり得《え》ないなんて言《い》い切《き》れるんだよ！」

「だって、チャップの場合《ばあい》、ほれ薬《ぐすり》なんてなくてもメローラ姫《ひめ》にメロメロじゃん」

「そんなんじゃないよ。週《しゅう》に7回《かい》くらいメローラ姫《ひめ》が夢《ゆめ》の中《なか》に出《で》てきて、目覚《めざ》めると胸《むね》のドキドキが止《と》まらないだけだよ」

モジモジしているチャップに、マヨネが突《つ》っ込《こ》んだ。

「それをメロメロっていうのっ！　いい？　誰《だれ》に飲《の》ませるとかどうでもいいから！　それより、どうやってセイレーン姉妹《しまい》を見《み》つけるかが問題《もんだい》でしょ」

大臣《だいじん》の話《はなし》によると、セイレーン姉妹は西《にし》の森《もり》にいるらしいのだが、森《もり》は砂漠《さばく》以上《いじょう》に迷《まよ》いやすく、セイレーンの居場所《いばしょ》に関《かん》するヒントはひとつもない。

そこで、チャップたちはまず、森《もり》の全《すべ》てを知《し》り尽《つ》くしているという森《もり》の探検家《たんけんか》**『ピーターパン』**の情報《じょうほう》を集《あつ》めることにした。

手始《てはじ》めに、マヨネは広場《ひろば》で似顔絵《にがおえ》描《か》きをしていたペンネに声《こえ》をかけた。

「ねぇねぇ、ピーターパンって知《し》ってる？」

「ピーターパン……？」

ペンネは、ペペロンが持《も》っている弁当袋《べんとうぶくろ》に目《め》をつけると、わざとらしく言《い》った。

「あぁ、あの人《ひと》のことか。私《わたし》、見《み》たことありますよ」

「えっ、ほんと？　どこに行《い》けば会《あ》えるの？」

「ごめんなさい、そこまでは……あ、でも、似顔絵《にがおえ》なら描《か》けます」

ペンネはさらさらと、ピーターパンの似顔絵《にがおえ》を描《か》いてみせた。グリーンの羽根付《はねつ》き帽《ぼう》をかぶったさわやかな美少年《びしょうねん》の似顔絵《にがおえ》に、マヨネは頬《ほお》を赤《あか》らめた。

「え……ピーターパンさんって、こ、こんなにカッコいいの……」

そしてすぐに仲間《なかま》たちに言《い》った。

「今《いま》すぐ森《もり》に行《い》こう！　ほれ薬《ぐすり》もチャッチャッと手《て》に入《い》れて、なんならピーターパンさんに飲《の》ませちゃったりして……ウフフッ」

マヨネが話《はな》している間《あいだ》に、ペンネはいなくなってしまった。

「あれ？　今《いま》の女《おんな》の子《こ》、どこ行《い》った？」

「あれ？　ジャジャ苑《えん》の焼《や》き肉弁当《にくべんとう》がなくなってるでごわす！　みんなのお昼《ひる》に買《か》っておいたんでごわす！」

「ええ!?　ウソ！　弁当《べんとう》どこ？」

チャップが慌《あわ》てて周囲《しゅうい》を探《さが》し始《はじ》めると、そこに運悪《うんわる》くタルタルが通《とお》りかかった。

「また、お前《まえ》が盗《ぬす》んだのか!!」

「へ……？」

「オレたちの弁当《べんとう》、返《かえ》せ――――!!」

すごい剣幕《けんまく》で迫《せま》ってくるチャップに、タルタルは訳《わけ》もわからず逃《に》げ出《だ》した。

「な、なんの話《はなし》だよぉ！　俺《おれ》が何《なに》したっていうんだよ――――っ！」

そのころ、ペンネは路地裏《ろじうら》で、美味《おい》しそうにチャップたちの焼肉弁当《やきにくべんとう》を食《た》べていた。

「ピーターパンなんて知《し》らないっつーの」

最後《さいご》のお肉《にく》をご飯《はん》にのせて口《くち》いっぱいに頬張《ほおば》ると、ペンネは意地悪《いじわる》い笑《え》みを浮《う》かべた。


チャップたちは、さらにカルボナーラの武器屋《ぶきや》を訪《たず》ね、小魚《こざかな》にツンツンされているメローラ姫《ひめ》のかかとの画像《がぞう》をエサに、ピノキオにピーターパンについて調《しら》べてもらった。

「かかとぉ――――っ　かかとっ　かかとっ　かっかっと！　メローラ姫《ひめ》のかっかっと！」

ピノキオは姫《ひめ》のかかとに大興奮《だいこうふん》で鼻《はな》をぐいぐい伸《の》ばしながら、有名情報《ゆうめいじょうほう》サイト**『スナペディア』**でピーターパンについて調《しら》べた。

それによると、ピーターパンは、森林《しんりん》サバイバル免許《めんきょ》1級《きゅう》、トレジャーハンター2段《だん》、森《もり》のキノコ検定特級《けんていとっきゅう》などなど、様々《さまざま》な経歴《けいれき》を持《も》ち、心優《こころやさ》しく、物知《ものし》りで、動物《どうぶつ》や植物《しょくぶつ》にも愛《あい》されるナイスガイらしい。

「見《み》た目《め》だけじゃなくて、中身《なかみ》も素敵《すてき》だなんて。ああ、早《はや》く会《あ》いたい！　ピーターパン様《さま》！」

マヨネは似顔絵《にがおえ》をうっとりと見《み》つめて言《い》った。

森《もり》に到着《とうちゃく》し、しばらく進《すす》んだところでゴブさんが立《た》ち止《ど》まった。

「スナペディアの情報《じょうほう》では、この辺《あた》りにピーターパンがいるらしいぞい」

「クンクン、なんか臭《にお》う。これがピーターパンの臭《にお》いか？」

鼻《はな》をヒクヒク動《うご》かすチャップに、ペペロンが、

「マヨネさんでごわす」

と言《い》った。見《み》ると、マヨネが香水《こうすい》をシュッシュッシュッシュッと大量《たいりょう》にふりかけている。

「はぁ……ピーターパン様《さま》ぁ」

「マヨネさん、ピーターパンさんにゾッコンラブでごわす」

そのとき、ペペロンの顔《かお》スレスレを一本《いっぽん》の矢《や》が通《とお》り、木《き》に刺《さ》さった。ビックリしすぎて

固《かた》まるペペロンにゴブさんが言《い》った。

「気《き》をつけるんじゃ！　誰《だれ》かが狙《ねら》っておるぞ！」

「ぇぇ⁉」

チャップは驚《おどろ》いて周囲《しゅうい》を見《み》た。すると、上方《じょうほう》から低《ひく》くて渋《しぶ》い声《こえ》が聞《き》こえてきた。

「動《うご》くな！　手《て》を頭《あたま》の後《うし》ろに回《まわ》せ」

「え、なになに？　どこから喋《しゃべ》ってんの？」

「早《はや》くしろ！　今度《こんど》は頭《あたま》を貫《つらぬ》くぞ」

チャップたちは、慌《あわ》てて言《い》われた通《とお》り手《て》を頭《あたま》の後《うし》ろに回《まわ》した。

「貴様《きさま》ら、この森《もり》になんの用《よう》だ？」

「オレたちはピーターパンさんって人《ひと》を探《さが》してて」

「ピーターパンだと？　……この俺《おれ》に何《なん》の用《よう》だ」

「あなたがピーターパン⁉　そういえば声《こえ》も渋《しぶ》くてステキ……」

マヨネが珍《めずら》しく猫《ねこ》なで声《ごえ》で続《つづ》けた。

「私《わたし》たち、敵《てき》ではなくてぇ、森《もり》の探検家《たんけんか》として有名《ゆうめい》で超《ちょう》〜イケメンなあなたに訊《き》きたいことがあってぇ」

「超《ちょう》イケメンだと……ふふっ」

「ちょっと喜《よろこ》んでるでごわす」

「わかった。今《いま》からそっちへ行《い》く。くれぐれも下手《へた》な真似《まね》をするなよ……とぉ！」

掛《か》け声《ごえ》とともにさわやかに現《あらわ》れるのかと思《おも》いきや、ピーターパンは前方《ぜんぽう》の木《き》からモゾモゾと太《ふと》ったおしりを動《うご》かしながらゆっくりと降《お》りてきて、途中《とちゅう》で落《お》っこちる始末《しまつ》……。

「ウソでしょ……このおっさんがピーターパン!?」

マヨネはショックで固《かた》まった。

ピーターパンは、似顔絵《にがおえ》とは似《に》ても似《に》つかないずんぐりむっくりボディのおっさんだったのだ。似顔絵《にがおえ》と唯一《ゆいいつ》似《に》ているのは、帽子《ぼうし》の形《かたち》だけだ。

チャップが倒《たお》れたピーターパンを起《お》こそうとすると、ピーターパンは鋭《するど》い声《こえ》で言《い》った。

「俺《おれ》の後《うし》ろに立《た》つなっ！」

「いや、助《たす》けてあげようとしたんだけど」

「甘《あま》いな。お前《まえ》たち、森《もり》で会《あ》ったものは全《すべ》て敵《てき》だと思《おも》え。手《て》を差《さ》し伸《の》べるなんて言語道《ごんごどう》断《だん》！」

そう言《い》って、ひとりで起《お》き上《あ》がろうとしたが、軽《かる》く呻《うめ》いて腰《こし》をさすった。

「ひとまず、手《て》を貸《か》してくれ。腰《こし》を痛《いた》めた」

「手《て》を差《さ》し伸《の》べちゃいけないんじゃなかったの？」

マヨネは呆《あき》れて突《つ》っ込《こ》み、チャップの手助《てだす》けでようやく立《た》ち上《あ》がったピーターパンに改《あらた》めて訊《き》いた。

「あなた、ほんとにピーターパンなの？」

「ああ、間違《まちが》いない。俺《おれ》こそが森《もり》のスーパー探検家《たんけんか》・ピーターパンだ」

そう言《い》って、ピーターパンは、カッコいいポーズをキメた。

「ちなみに、人《ひと》は俺《おれ》に敬意《けいい》を表《ひょう》して、こう呼《よ》ぶ。**『ピーターパンパン』**とな！」

「ピーターパンパンって……パンパンに太《ふと》ってるからでしょ！　もうサイアクッ!!」

マヨネのブチギレ声《ごえ》が森《もり》にこだました。

2 森《もり》の長老《ちょうろう》　フェアジー

チャップたちは、セイレーンの居場所《いばしょ》を知《し》っているというピーターパン改《あらた》め、ピーターパンパンに森《もり》の案内《あんない》を頼《たの》み、歩《ある》き始《はじ》めた。

「森《もり》の声《こえ》を聞《き》け！　必要《ひつよう》なことは森《もり》が全《すべ》て教《おし》えてくれる！」

けれど、耳《みみ》を澄《す》ませてみても何《なに》も聞《き》こえない。パンパンは、誤魔化《ごまか》して言《い》った。

「……うんうん。よーしっ、こっちだ！」

「さすがパンパン師匠《ししょう》！　じゃあ、行《い》きましょう！」

「今《いま》、なんか聞《き》こえた？」

張《は》り切《き》るチャップとは真逆《まぎゃく》で、期待外《きたいはず》れだったマヨネは完全《かんぜん》にご機嫌斜《きげんなな》めだ。

「待《ま》て！　お前《まえ》ら一体何《いったいなに》をしている？」

パンパンは、チャップたちの歩《ある》き方《かた》を見《み》て立《た》ち止《ど》まった。

「え、普通《ふつう》に歩《ある》いただけですけど……」

「森《もり》は歩《ある》くんじゃない、かき分《わ》けるんだ！　ついて来《こ》い！」

「はい！　パンパン師匠《ししょう》」

遮《さえぎ》るものなど何《なに》もない平《へい》たんな道《みち》を、中腰《ちゅうごし》で一歩《いっぽ》ずつかき分《わ》けるように歩《ある》くパンパン。そのマネをして、チャップも中腰《ちゅうごし》で腕《うで》を前《まえ》に出《だ》し空気《くうき》をかき分《わ》けながら進《すす》む。無意味《むいみ》な動《うご》きを真似《まね》させられてうんざりのマヨネたちの前方《ぜんぽう》で、パンパンはすでに汗《あせ》だくだ。

「みんな、止《と》まれ！」

「どうしたんですか？　パンパン師匠《ししょう》」

「ここで休憩《きゅうけい》を取《と》る！」

「え、まだ100m《メートル》も進《すす》んでないけど。ホントに森《もり》の探検家《たんけんか》なの？」

突《つ》っ込《こ》むマヨネに、パンパンはカッコいいポーズをキメて言《い》い放《はな》った。

「森《もり》の探検家《たんけんか》ではない、森《もり》のスーパー探検家《たんけんか》だ！　シーッ、静《しず》かに！　モンスターの気配《けはい》だ」

パンパンは周囲《しゅうい》を注意深《ちゅういぶか》く見回《みまわ》し、森《もり》の奥《おく》に弓矢《ゆみや》を向《む》けた。

「そこだ！」

弓《ゆみ》を放《はな》とうとしたパンパンの真後《まうし》ろから声《こえ》がした。

「いや、こっちじゃよ」

振《ふ》り返《かえ》ると、小《ちい》さな森《もり》の妖精《ようせい》がいた。格好《かっこう》はメルヘンだが、顔《かお》はおじいさんだ。チャップたちは、この不思議《ふしぎ》な見《み》た目《め》の妖精《ようせい》についてパンパンに聞《き》いた。

「えっと、コイツの名前《なまえ》は確《たし》か……ピンクバタフラ……」

すると、おじいさん妖精《ようせい》が食《く》い気味《ぎみ》に言《い》った。

「ワシの名《な》は**『フェアジー』**」

「名前《なまえ》、違《ちが》うみたいよ」

マヨネの冷《ひ》ややかな突《つ》っ込《こ》みにゴブさんも続《つづ》いた。

「もしかして知《し》らなかったのか？」

「い、いや、もちろん知《し》っている。確《たし》かコイツは森《もり》で迷子《まいご》になった老婆《ろうば》が妖精《ようせい》に……」

すると、またフェアジーが否定《ひてい》した。

「老婆《ろうば》ではない、れっきとした男《おとこ》じゃ。フェアジーのジーは爺《じい》さんのジーじゃからな」

「ああ、そうだった。うん」

誤魔化《ごまか》すパンパンをチャップ以外《いがい》のみんなは冷《ひ》ややかに見《み》ている。

「た、確《たし》か、最近《さいきん》この森《もり》に移住《いじゅう》してきた新参者《しんざんもの》だろう」

パンパンが焦《あせ》って言《い》うと、それもフェアジーは軽《かる》く全否定《ぜんひてい》した。

「この森《もり》にはかれこれ４００年近《ねんちか》く棲《す》んでおる。周《まわ》りからは森《もり》の長老《ちょうろう》と呼《よ》ばれることもある。お主《ぬし》の方《ほう》こそ、初《はじ》めて見《み》る顔《かお》じゃの」

「パンパン、森《もり》の長老《ちょうろう》に知《し》られてないの？」

マヨネを遮《さえぎ》るように、突然《とつぜん》パンパンは大声《おおごえ》を出《だ》して弓矢《ゆみや》を構《かま》えた。

「俺《おれ》の後《うし》ろに立《た》つなっ！」

しかし、そこには誰《だれ》もいない。

「……そうやって誤魔化《ごまか》すのやめてくれる？」

パンパンの魂胆《こんたん》など、バレバレである。

「森《もり》の長老《ちょうろう》ならセイレーンたちの居場所《いばしょ》も知《し》っとるのか？」

ゴブさんが訊《き》くと、フェアジーは当然《とうぜん》のように「ふむ」と頷《うなず》いた。

「ああ、もちろんじゃ」

「お、おい、お前《まえ》ら、そんなモンスターを信《しん》じるのか」

焦《あせ》るパンパンをマヨネは怪《あや》しんで見《み》た。

「ていうか、パンパン、セイレーン姉妹《しまい》の居場所《いばしょ》、ほんとに知《し》ってるの？」

「も、もちろん、知《し》っている。俺《おれ》は森《もり》のスーパー探検家《たんけんか》だ！」

「じゃあ、どこなの？」

「うっ……わかった、そいつも知《し》っているようだから、同時《どうじ》に言《い》ってみよう。セイレーンが棲《す》んでいるのは、麗《うる》わしの……」

「セイレーンの園《その》」

パンパンは、慌《あわ》ててフェアジーに合《あ》わせた。

「……イレーンの園《その》！　そうそう、セイレーンの園《その》だ。フェアジー、なかなかやるな」

マヨネはますます怪《あや》しんでパンパンを見《み》た。

「じゃあ、セイレーンの園《その》っていうのは、ここからどうやって行《い》くの？」

「それも同時《どうじ》に言《い》うぞ。セイレーンの園《その》は、北《きた》に……」

「南《みなみ》に２０００歩《ぽ》行《い》ったところ」

「南《みなみ》に2000歩《ぽ》行《い》ったところ！」

パンパンは、また慌《あわ》ててフェアジーに合《あ》わせた。

「今《いま》、北《きた》って言《い》いかけてなかった？」

「いや、最初《さいしょ》から南《みなみ》と言《い》った」

ゴブさんは、フェアジーに言《い》った。

「フェアジーよ、ワシらをセイレーン姉妹《しまい》のもとまで案内《あんない》してもらえんかの？」

「お安《やす》い御用《ごよう》じゃ」

「あっ！　みんな、危《あぶ》なーい！」

パンパンは、いきなり体《からだ》を丸《まる》めてフェアジーに突進《とっしん》した。ずんぐりボディの体当《たいあ》たりに、小《ちい》さなおじいさん妖精《ようせい》はふっ飛《と》んで気絶《きぜつ》してしまった。

「騙《だま》されるなっ！　今《いま》、コイツがお前《まえ》らを襲《おそ》おうとしていたんだ！」

「そうだったんですか⁉　助《たす》かりました、パンパン師匠《ししょう》！」

素直《すなお》なチャップは、ひとりだけパンパンを信《しん》じ、気絶《きぜつ》したフェアジーをスナック化《か》した。

そして、出《で》てきた宝箱《たからばこ》から**『フェアリーエレクトロニクス』**のフェアリクリスタルナイフをゲットした。フェアリーエレクトロニクスは、フェアリーたちが新製品《しんせいひん》の開発《かいはつ》をしているとウワサの、武器《ぶき》の完成度《かんせいど》に定評《ていひょう》があるブランドだ。

しかし、マヨネ、ペペロン、ゴブさんはパンパンを疑《うたが》いと軽蔑《けいべつ》の目《め》で見《み》ている。

「攻撃《こうげき》する気配《けはい》など全《まった》くなかったぞい」

「もしかして、自分《じぶん》より森《もり》に詳《くわ》しいから、口封《くちふう》じのために？」

「ひどいでごわす」

「……俺《おれ》の後《うし》ろに立《た》つなっ！」

パンパンは、また誤魔化《ごまか》して弓矢《ゆみや》を構《かま》えた。

3 深《ふか》い霧《きり》に包《つつ》まれて……　セイレーンの園《その》

フェアジーの言《い》った通《とお》り、南《みなみ》に２０００歩《ぽ》進《すす》むと、**『セイレーンの園《その》』**に着《つ》いた。

「いかにもセイレーン姉妹《しまい》が現《あらわ》れそうな場所《ばしょ》じゃな……」

「うぅ……」

ずんぐりボディを丸《まる》めて怯《おび》えるパンパンを、マヨネがさげすむように見《み》ている。

「パンパン、気《き》のせいかもしんないけど、なんかビビってない？」

「な、なにを⁉　お、俺《おれ》を誰《だれ》だと思《おも》ってる森《もり》のスーパー探検《たんけん》…」

と、かっこよくポーズをキメようとしたが、ペペロンが落《お》ちていた枝《えだ》を踏《ふ》んだパキッという小《ちい》さな音《おと》に過剰《かじょう》に反応《はんのう》し、体《からだ》をまん丸《まる》くして完全防御姿勢《かんぜんぼうぎょしせい》になった。

そのときだった。どこからともなく、ハープの美《うつく》しい音色《ねいろ》と歌声《うたごえ》が聞《き》こえてきた。

「♪　ルールールルルー」

どんどん大《おお》きくなる歌声《うたごえ》に合《あ》わせるように霧《きり》が出始《ではじ》めたかと思《おも》ったら、あっという間《ま》に、辺《あた》りは真《ま》っ白《しろ》になってしまった。

「なんなの、コレ？」

マヨネの声《こえ》が霧《きり》の中《なか》に溶《と》けていく。

「みんな、大丈夫《だいじょうぶ》か？」

チャップの声《こえ》にマヨネが答《こた》える。

「大丈夫《だいじょうぶ》だけど、全然周《ぜんぜんまわ》りが見《み》えない」

すると、突然《とつぜん》、チャップの前《まえ》に、妖艶《ようえん》なモンスター・セイレーン姉妹《しまい》が現《あらわ》れた。すらりと長《なが》い手足《てあし》に、エメラルド色《いろ》の大《おお》きな羽《はね》を持《も》ち、大人《おとな》の色香《いろか》を漂《ただよ》わせている。

「なんだ、お前《まえ》たち!?」

「我《わ》が名《な》はセイ」

「我《わ》が名《な》はレーン」

「ふたり合《あ》わせて ♪ セイレェエーン姉妹《しまい》」

姉妹《しまい》は美《うつく》しくハモって言《い》った。

「お前《まえ》たちがセイレーン姉妹《しまい》か！ ほれ薬《ぐすり》を渡《わた》せ！」

「♪ やだよったらやだよ」

「♪ やだよったら…… ♪ やだよぉ〜〜〜」

セイレーン姉妹《しまい》は、あざ笑《わら》うようにハモって言《い》った。チャップは、真《ま》っ白《しろ》な世界《せかい》の中《なか》で、ひとりモンスター姉妹《しまい》に立《た》ち向《む》かっていった。

「おりゃあーっ！ おりゃあーっ！」

チャップの激《はげ》しい攻撃《こうげき》に、歌声《うたごえ》は止《や》み、霧《きり》が晴《は》れていく。

「やったーっ！」

「もしかして勝《か》ったの？」

マヨネがチャップの方《ほう》を見《み》ると、チャップの前《まえ》には攻撃《こうげき》を受《う》けボロボロになったゴブさんがいた。

「ワシじゃー！　チャップが殴《なぐ》っていたのはワシじゃー！」

「許《ゆる》さないぞ、セイレーン姉妹《しまい》！　ゴブさんをこんな目《め》に合《あ》わせるなんて！」

力《ちから》をみなぎらせて言《い》うチャップに、ゴブさんが突《つ》っ込《こ》んだ。

「やったのはチャップじゃろう！」

すると再《ふたた》び、歌声《うたごえ》とハープの音色《ねいろ》が響《ひび》き、深《ふか》い霧《きり》が森《もり》を包《つつ》んだ。

「まただ！」

すぐに仲間《なかま》の姿《すがた》は見《み》えなくなり、チャップの目《め》の前《まえ》には、またセイレーン姉妹《しまい》が現《あらわ》れた。

「♪　ほれ薬《ぐすり》なんてあげないよっ」

「♪　あげないよったら　♪　あげないよぉぉ〜〜〜〜」

またも美《うつく》しくハモるセイレーン姉妹《しまい》に、チャップは再《ふたた》び攻撃《こうげき》を仕掛《しか》けた。

「ほれ薬《ぐすり》よこせぇ――――！　おりゃあ！　おりゃあ！」

再《ふたた》び歌声《うたごえ》が止《や》み霧《きり》が晴《は》れると、チャップが攻撃《こうげき》していたのはやっぱりゴブさんだった。

こうして人《ひと》を惑《まど》わせるのが、セイレーン姉妹《しまい》の特技《とくぎ》なのだ。

「♪　ルールールルルー」

見事《みごと》に惑《まど》わされたチャップを見《み》て、セイレーン姉妹《しまい》は嬉《うれ》しそうにハモった。

「パンパン師匠《ししょう》、こういうときはどうしたらいいんですか⁉」

パンパンは、まん丸《まる》く丸《まる》まって泣《な》きじゃくりながら、消《き》え入《い》りそうな声《こえ》で答《こた》えた。

「……そんなの知《し》らない」

「え……？　森《もり》のことならなんでも知《し》ってるんでしょ？」

「ううん、知《し》らない。俺《おれ》、森《もり》のことなんかほとんど知《し》らない……」

「え……？」

チャップは状況《じょうきょう》を飲《の》み込《こ》めないようだ。

「俺《おれ》は森《もり》のスーパー探検家《たんけんか》なんかじゃない、ホントは森《もり》のスーパー引《ひ》きこもりなんだ」

「スーパー引《ひ》きこもりって……？」

「街《まち》での生活《せいかつ》になじめなくて、ずっと森《もり》に引《ひ》きこもって、ジーッとしていただけなんだ」

「ウソだ……」

呆然《ぼうぜん》としているチャップの代《か》わりに、ペペロンが訊《き》いた。

「森《もり》のサバイバル術《じゅつ》に詳《くわ》しかったのはどうしてでごわすか？」

「あれはネットとか雑誌《ざっし》で見《み》て……」

「ウソだ……」

まだ信《しん》じようとしないチャップの代《か》わりに、今度《こんど》はゴブさんが訊《き》いた。

「じゃあ、スナペディアに書《か》かれていた華々《はなばな》しい経歴《けいれき》は？」

「あれは、自分《じぶん》で編集《へんしゅう》した。すごいヤツだと思《おも》われたくて……」

「ウソだぁぁぁ――――っ！」

激《はげ》しく衝撃《しょうげき》を受《う》けているチャップに、マヨネが冷静《れいせい》に突《つ》っ込《こ》んだ。

「いやいや、予想通《よそうどお》りだったでしょ……」

「はっ、そうか！　パンパン師匠《ししょう》は師匠《ししょう》の力《ちから》を借《か》りずに、オレが敵《てき》を倒《たお》せるかどうか試《ため》しているんだ！　だから、わざと嘘《うそ》をついてるんだ！」

「はぁ？？？　この期《ご》に及《およ》んでまだパンパンを信《しん》じるわけ!?」

呆《あき》れるマヨネにチャップは力強《ちからづよ》く言《い》った。

「信《しん》じるよ！　オレのばあちゃんは言《い》った！　**信《しん》じるものは救《すく》われる、冬《ふゆ》のお肌《はだ》はすぐ荒《あ》れる！**」

チャップは、フェアリポンにジャラをかっこよくかざした！

「いくぞ、セイレーン姉妹《しまい》！　見《み》ていてください、パンパン師匠《ししょう》！」

チャップはデカ化《か》したフェアリクリスタルナイフを手《て》にすると、セイレーン姉妹《しまい》の妖《あや》しい歌声《うたごえ》が響《ひび》く真《ま》っ白《しろ》い霧《きり》の世界《せかい》で、ゆっくりと目《め》を閉《と》じた。

「師匠《ししょう》の言葉《ことば》を思《おも》い出《だ》すんだ。森《もり》の声《こえ》を聞《き》け、森《もり》と愛《あい》し合《あ》え。そして、森《もり》と同化《どうか》するんだ」

集中《しゅうちゅう》し、神経《しんけい》を研《と》ぎ澄《す》ませたチャップの背後《はいご》をかすかに動《うご》く音《おと》が聞《き》こえた。チャップはカッと目《め》を見開《みひら》いた。

「そこだっ！」

侍《さむらい》のように振《ふ》り返《かえ》り、ナイフを思《おも》いきり振《ふ》り下《お》ろす！

「**『俺《おれ》の後《うし》ろに立《た》つな』**斬《ぎ》り!!」

ズババババーンッ！　鋭《するど》く切《き》り裂《さ》く音《おと》が白《しろ》い世界《せかい》に響《ひび》いた。すると、同時《どうじ》に歌声《うたごえ》が止《と》まり、霧《きり》が徐々《じょじょ》に晴《は》れてきた。

「よしっ！　やった――!!」

「さすがチャップさんでごわす!!」

「すごいわ、チャップ！」

ペペロンとマヨネがチャップに駆《か》け寄《よ》った。

「セイレーン姉妹《しまい》を一発《いっぱつ》で仕留《しと》めるとは、さすがチャップじゃ」

ゴブさんは嬉《うれ》しそうに言《い》ったが……自分《じぶん》の体《からだ》を見《み》て悲鳴《ひめい》を上《あ》げた。

「ぎゃあああああっ！」

うわぁあー、ゴブさんの体《からだ》が真《ま》っ二《ぷた》つに！

間違《まちが》えて、ゴブさんを切《き》ってしまったチャップは、ナイフを見《み》て言《い》った。

「このナイフ、すごい切《き》れ味《あじ》だ」

「感心《かんしん》しとる場合《ばあい》か！　くっつけとくれ！　誰《だれ》かくっつけとくれー！」

走《はし》り回《まわ》る真《ま》っ二《ぷた》つのゴブさんから、チャップとマヨネとペペロンは必死《ひっし》で逃《に》げた。

「来《こ》ないで来《こ》ないで来《こ》ないで！　気《き》持《も》ち悪《わる》ーいっ！」

マヨネの叫《さけ》び声《ごえ》が森《もり》に響《ひび》いた。

4　ランプの魔人《まじん》と再会《さいかい》！　うぅーん、セクシィ〜♪

「マヨネさん……マヨネさん……」

聞《き》き覚《おぼ》えのある高貴《こうき》な声《こえ》に、マヨネはぼんやりと目《め》を覚《さ》ました。黒《くろ》ずくめの剣士《けんし》の腕《うで》の中《なか》だ。

「あ、あなたは……また助《たす》けてくれたんですね……」

マヨネの目《め》にうっすらと映《うつ》ったのは、ヘビーテンプラー神殿《しんでん》でメドゥーサに敗《やぶ》れたとき、マヨネたちを神殿《しんでん》から救《すく》い出《だ》してくれた謎《なぞ》の剣士《けんし》だ。

「まだぼうっとしているようですね。私《わたし》が目覚《めざ》めのキスを……」

え、キス？　キスって、アタシと……!?

マヨネはハッとして目覚《めざ》めた。薄暗《うすぐら》い部屋《へや》に、チャップたちのいびきが響《ひび》いている。ここは確《たし》か……シンデレラの家《いえ》だ。セイレーン姉妹《しまい》に敗《やぶ》れたパーティーをまた黒《くろ》ずくめの剣士《けんし》が助《たす》けてくれたのかしら。

夜更《よふ》けに、マヨネはひとり小《ちい》さな吐息《といき》をもらした。

キスって……アタシ本当《ほんとう》にしたのかな？　それとも夢《ゆめ》？

目《め》が覚《さ》めたチャップたちは、お城《しろ》に呼《よ》び出《だ》された。メローラ姫《ひめ》のくびれた腰《こし》が、チャップの目《め》の前《まえ》で上下《じょうげ》に激《はげ》しく揺《ゆ》れている。チャップは、鼻血《はなぢ》が出《で》そうなのを押《おさ》えながら、その腰《こし》をメロメロになりながら見《み》ていた。今日《きょう》のメローラ姫《ひめ》は、バランスボールを使《つか》ってエクササイズ中《ちゅう》だ。

「ねえチャップゥ、お願《ねが》い、早《はや》くほれ薬《ぐすり》とってきてぇ〜」

「今日《きょう》は一段《いちだん》とセクシーじゃの」

「あのボールが羨《うらや》ましいでごわす…」

ゴブさんとペペロンもメローラ姫《ひめ》のセクシーボディに悩殺《のうさつ》されている。そこで、チャップは突然《とつぜん》キリッとして姫《ひめ》に向《む》き合《あ》った。

「姫《ひめ》、ほれ薬《ぐすり》なんて必要《ひつよう》ありませんっ！　なぜならオレは……とっくの昔《むかし》から……姫《ひめ》のことが、す、す……すす……」

チャップ、ついに告白《こくはく》か!?

「す……スッポンポン!!」

思《おも》わず出《で》た言葉《ことば》に、マヨネのハリセンが豪快《ごうかい》に飛《と》んでくる。

ヘロヘロになって倒《たお》れたチャップには見向《みむ》きもせず、姫《ひめ》はビキニの胸《むね》を突《つ》き出《だ》し、腰《こし》をそらせた悩殺《のうさつ》ポーズでバランスをキープしながら王様《おうさま》に言《い》った。

「ねぇ、パパからも言《い》ってぇ」

「まあ、そういうわけじゃ。必《かなら》ず手《て》に入《い》れてきてくれ。頼《たの》んだぞ」

こういうときに、いつも冷静《れいせい》なアドバイスをくれる王《おう》の側近《そっきん》、チョビひげ鼻《はな》メガネのガスタンク大臣《だいじん》が、今日《きょう》はやたらと汗《あせ》を拭《ぬぐ》いながら、言葉《ことば》も噛《か》み気味《ぎみ》に話《はな》し始《はじ》めた。

「セ、セ、セイレーン姉妹《しまい》のこ、こう、攻略法《こうりゃくほう》を知《し》りたければ、白雪姫《しらゆきひめ》を訪《たず》ねてみると、よ、よいでしょう」

「白雪姫《しらゆきひめ》……？　誰《だれ》？」

「……え、あ、えっと、占《うらな》いを得意《とくい》とする森《もり》のご意見番《いけんばん》でございます」

王様《おうさま》は大《おお》きな森《もり》の地図《ちず》を広《ひろ》げて言《い》った。

「白雪姫《しらゆきひめ》は、この森《もり》のどこかにおる！」

「ほとんどノーヒントなんですけど……」

マヨネはため息《いき》をついた。


チャップたちは再《ふたた》びうっそうとした西《にし》の森《もり》にやってきた。青空《あおぞら》を隠《かく》すように草木《くさき》が生《お》い茂《しげ》り、鳥《とり》や獣《けもの》の鳴《な》き声《ごえ》が空気《くうき》を裂《さ》くように響《ひび》く。ゴブさんは、恐《おそ》る恐《おそ》る進《すす》みながら言《い》った。

「なんとも不気味《ぶきみ》な場所《ばしょ》じゃのう」

「熊《くま》でも出《で》そうな雰囲気《ふんいき》でごわす……」

怖気《おじけ》づいたペペロンは、歯《は》をガタガタいわせている。

「こんなとき、パンパン師匠《ししょう》がいてくれれば！」

チャップの発言《はつげん》にマヨネがビックリ顔《がお》で突《つ》っ込《こ》んだ。

「まだ信頼《しんらい》してたの⁉」

するど、ザザッと草《くさ》が擦《こす》れる音《おと》がして、目《め》の前《まえ》に大《おお》きな影《かげ》が３つ現《あらわ》れた。

「うわぁぁぁ────！　出《で》た────！」

「熊《くま》でごわす！　熊《くま》の群《む》れでごわす‼」

チャップたちは全員腰《ぜんいんこし》を抜《ぬ》かした。

「と、とにかく、死《し》んだふりをするんじゃぁ！」

ゴブさんの言葉通《ことばどお》り、みんなはその場《ば》に伏《ふ》せ、白目《しろめ》をむいて全力《ぜんりょく》で死《し》んだふりをした。

するど、すみれ色《いろ》の足《あし》が、地団駄《じだんだ》を踏《ふ》んだ。

「ちょっと！　いい加減《かげん》にしなさいよ！」

「誰《だれ》が熊《くま》よっ！」

「失礼《しつれい》しちゃうわ！」

チャップが、目《め》の前《まえ》をよーく見《み》てみると……

「あっ！　君《きみ》たちは…！」

「そうよっ！」

「私《わたし》たちは歌《うた》って踊《おど》れる3人組《にんぐみ》の魔人《まじん》ユニット」

「ジニーズだ!!」

チャップが言《い》うと、ジニーズたちは張《は》り切《き》ってキメポーズをした。

「うぅ～ん、セクシィー♪」

そして、真《ま》ん中《なか》のジニーズがチャップをつついた。

「ちょっとチャップ、ひどいじゃないっ！　あのとき、私《わたし》たちを置《お》き去《ざ》りにしたでしょ！」

「え？　あー、ゴメン！　そういえばそうだった」

メドゥーサを倒《たお》した後《あと》、神殿《しんでん》が崩《くず》れ始《はじ》めたので、チャップはジニーズのランプを放《ほう》り投《な》げて、慌《あわ》てて逃《に》げだしてしまったのだった。

「まあそれはいいんだけど…大変《たいへん》なのよっ」

「また別《べつ》の男《おとこ》に、川辺《かわべ》で呼《よ》び出《だ》されたんだけどね」

「ウチらが飛《と》び出《だ》したら、ソイツ驚《おどろ》いちゃって、ランプを川《かわ》に落《お》としちゃったのよ！　もう大変《たいへん》っ！」

「ってことで、今《いま》、そのなくしたランプを探《さが》して歩《ある》いてるってわけ」

「ね、もし見《み》つけたら、連絡《れんらく》してちょうだい」

「わかった。じゃあとりあえずスナック登録《とうろく》しておくよ」

チャップは、ポーズをばっちりキメたジニーズをフェアリポンで撮影《さつえい》し、スナック化《か》した。そのとき、どこからか、かわいらしい合唱《がっしょう》の歌声《うたごえ》が聞《き》こえてきた。

♪　やっほーやっほー　言《い》い聞《き》かせよー
かわいいキノコは仕事《しごと》が好《す》きー
やっほー　やっほー　たららんらんらーんっ

チャップたちは、ジニーズと一緒《いっしょ》に歌声《うたごえ》の方《ほう》へ行《い》ってみたが、誰《だれ》もいない。

「おかしいわね…」

ジニーズのひとりが言《い》うと、もうひとりがペチペチとムキムキの身体《からだ》を叩《たた》いた。

「ね、ちょっと！　見《み》て！　見《み》てアレッ！」

「なによ……？　んまー、立派《りっぱ》なキノコッ！」

見《み》ると、何本《なんぼん》かの水玉模様《みずたまもよう》の立派《りっぱ》なキノコが辺《あた》りに生《は》えている。

「見事《みごと》にかさを開《ひら》いちゃってて〜っ！」

「ちょっとなによその言《い》い方《かた》！　いやらしい、それじゃまるで××みたいじゃないっ！」

「ヤダァ！　アンタの頭《あたま》ン中《なか》が××でいっぱいだから××だと思《おも》うんでしょっ！」

「このケダモノォ〜ッ！」

ジニーズは立派《りっぱ》なキノコに大興奮《だいこうふん》で、オネエトークで盛《も》り上《あ》がっている。

「あぁ〜、もう私限界《わたしげんかい》っ。いただっきまーす！」

と、キノコをもぎ取《と》ろうとすると、いきなりキノコが立《た》ち上《あ》がり声《こえ》をあげた。

「マズいぞ！　みんな逃《に》げるんじゃやっ！」

すると、他《ほか》のキノコたちも次々《つぎつぎ》と立《た》ち上《あ》がり、「わあぁぁー!!」と一斉《いっせい》に逃《に》げ去《さ》ってしまった。

「き、キノコが立《た》ったわ！　ヤダ、私《わたし》ったら立《た》ったとか言《い》っちゃって〜」

「ナニ、はしゃいでんのよ」

「このケダモノォ〜ッ！」

盛《も》り上《あ》がるジニーズを置《お》いて、チャップたちはキノコのモンスターを追《お》いかけた。

5 白雪姫《しらゆきひめ》はキスで目覚《めざ》める!?

森《もり》の奥深《おくふか》くまでキノコを追《お》いかけてきたチャップたちは、そこでおとぎ話《ばなし》に出《で》てきそうな一軒《いっけん》のメルヘンチックな家《いえ》を見《み》つけた。表札《ひょうさつ》には**『白雪姫《しらゆきひめ》と7人《にん》のキノコ』**とあり、その下《した》には「怒《おこ》りっポイ」「デレ助《すけ》」「のんびりさん」など、キノコの名前《なまえ》も書《か》いてある。

「これが、白雪姫《しらゆきひめ》の家《いえ》？」

マヨネが近《ちか》づいてみると、入口《いりぐち》にできていた行列《ぎょうれつ》に向《む》かってキノコたちが告《つ》げていた。

「えー、白雪姫《しらゆきひめ》の占《うらな》いをお待《ま》ちのみなさま、たった今《いま》、姫君《ひめぎみ》はお眠《ねむ》りになられました！」

「またのお越《こ》しをお待《ま》ちしておりますぅ〜」

それを聞《き》くと、行列《ぎょうれつ》をつくっていた人々《ひとびと》は、口々《くちぐち》に文句《もんく》を言《い》いながら去《さ》っていった。

チャップは、キノコのひとりに声《こえ》をかけた。

「あの、白雪姫《しらゆきひめ》さんに会《あ》わせてくれないかな」

「お前《まえ》たち！　さては姫君《ひめぎみ》を狙《ねら》いに来《き》おったな!!」

「違《ちが》う違《ちが》う！　キミはえっと、**『怒《おこ》りんぼ』**だね！」

「用《よう》がないなら帰《かえ》ってほしいのですぅ」

「キミは**『デレ助《すけ》』**だ」

「いいから帰《かえ》れっ！」

「あれ、キミも**『怒《おこ》りんぼ』**？」

「え、待《ま》って。怒《おこ》りんぼ率高《りつたか》くない!?」

マヨネが言《い》うと、別《べつ》のキノコも殺気立《さっきだ》って、

「どうしても会《あ》いたいと言《い》うなら、ワシらを倒《たお》してからにすることじゃっ！」

と、戦闘用《せんとうよう》に身構《みがま》えた。チャップたちに緊張《きんちょう》が走《はし》る。

「やはり、モンスターとは、戦《たたか》うしかないのか」

「油断《ゆだん》してはならんぞ。小《ちい》さいとはいえ相手《あいて》は7人《にん》！」

「多勢《たぜい》に無勢《ぶぜい》でごわす」

すると、殺気立《さっきだ》っていたキノコがいきなり飛《と》びかかってきた。

「食《く》らえっ、先制攻撃《せんせいこうげき》じゃ!!」

危《あぶ》ないっ！　と思《おも》った瞬間《しゅんかん》、チャップの一歩手前《いっぽてまえ》でキノコはビタンッと顔《かお》から倒《たお》れた。

「え……」

チャップたちがぽかんとしていると、起《お》き上《あ》がったキノコが顔《かお》を真《ま》っ赤《か》にして泣《な》き出《だ》した。

「ふぇ……ふぇ……ふぇぇぇぇ――ん!!」

他《ほか》のキノコたちもつられて泣《な》き始《はじ》める。

「ふぇぇ――ん、泣《な》かないでくださいよぉ！」

「ふぇぇぇ―――ん、こっちも悲《かな》しくなりますぅ〜！」

全員《ぜんいん》で「ふぇぇぇぇ――ん」の大合唱《だいがっしょう》をするキノコたちの真《ま》ん中《なか》に宝箱《たからばこ》が現《あらわ》れる。マヨネは呆気《あっけ》に取《と》られながら言《い》った。

「なんか、勝《か》っちゃったみたいね……」

キノコとの戦《たたか》いを終《お》え、チャップは改《あらた》めて白雪姫《しらゆきひめ》に会《あ》わせてほしいと頼《たの》んだ。しかし、姫《ひめ》はたった今眠《いまねむ》りについたばかりで、目覚《めざ》めるのは5年後《ねんご》になるという。

「ご、5年後《ねんご》!?」

「どうにか目覚《めざ》めさせる方法《ほうほう》はないの？」

マヨネが訊《き》くと、ひとりのキノコが答《こた》えた。

「一《ひと》つだけ方法《ほうほう》はある……王子様《おうじさま》が、姫君《ひめぎみ》にキスをすること」

「キ、キス!?　姫君《ひめぎみ》と、キス！」

チャップは鼻《はな》の下《した》をだらーんと伸《の》ばした。

「残念《ざんねん》ですけど、アタシたちの中《なか》に王子様《おうじさま》と呼《よ》べるような人《ひと》は……」

マヨネが振《ふ》り返《かえ》ると、チャップは唇《くちびる》をとがらせてリップクリームを塗《ぬ》りたくっている。

ペペロンもキスの予行演習《よこうえんしゅう》、ゴブさんは歯《は》を磨《みが》いている。全員《ぜんいん》、ヤル気満々《きまんまん》だ。

まずは、しいて言《い》えば一番王子様《いちばんおうじさま》っぽいキャラのチャップが白雪姫《しらゆきひめ》の寝室《しんしつ》に通《とお》された。

しかし、数秒後《すうびょうご》に飛《と》び出《だ》してきて、キリッとして言《い》った。

「オレは王子様《おうじさま》なんかじゃない！　本当《ほんとう》の王子《おうじ》っていうのは、ペペロンみたいな人《ひと》だと思《おも》う!!」

「お、おいどんが接吻《せっぷん》してもよいでごわすか⁉」

「もちろんだよ！　頼《たの》んだ、ペペロン王子《おうじ》！」

「ガッテン承知《しょうち》の助《すけ》でごわす！」

と、張《は》り切《き》って中《なか》に入《はい》っていったペペロンも、一瞬《いっしゅん》でみんなのもとに戻《もど》ってきた。

「おいどん、気《き》づいたでごわす！　この中《なか》でいちばん王子様《おうじさま》っぽいのは、ゴブさんでごわす！」

「ほほー。ようやく気《き》づいたか。確《たし》かにワシは、ゴブリンに姿《すがた》を変《か》えられた元王子《もとおうじ》なのじゃ……」

説明《せつめい》しているゴブさんを、チャップとペペロンが両脇《りょうわき》から持《も》ち上《あ》げた。

「じゃあペペロン、オレたちで王子《おうじ》と姫《ひめ》のキス、手伝《てつだ》ってあげよう！」

「そうするでごわす！」

ふたりは、示《しめ》し合《あ》わせたようにゴブさんを家《いえ》の中《なか》に運《はこ》んでいく。マヨネはそのやりとりを不思議《ふしぎ》そうに見《み》ていたが、すぐに中《なか》からゴブさんの絶叫《ぜっきょう》が聞《き》こえてきた。

「なんなんじゃー！　この怪物《かいぶつ》は――っ！　イヤじゃあああぁ――!!」

その直後《ちょくご》、激《はげ》しいキスの音《おと》が、マヨネの耳《みみ》まで届《とど》いてきた。

「ダメだ、ゴブさんのキスじゃ目覚《めざ》めないや」

「まあ、全然王子《ぜんぜんおうじ》っぽくないでごわすからな……」

寝室《しんしつ》に通《とお》されたマヨネは、ピンク色《いろ》のソファの上《うえ》で眠《ねむ》る白雪姫《しらゆきひめ》の姿《すがた》をひと目見《めみ》て、チャップとペペロンがキスをしなかった理由《りゆう》がわかった。

白雪姫《しらゆきひめ》は、姫《ひめ》というより王様《おうさま》のような貫禄《かんろく》で、紫色《むらさきいろ》の巨大《きょだい》なたらこ唇《くちびる》からよだれを垂《た》らして、いびきをかきながら眠《ねむ》っている。その顔立《かおだ》ちは、ゴツゴツしていてかなりいかつい。

「ずいぶん、ご立派《りっぱ》な姫君《ひめぎみ》だこと……」

そこへ、キノコたちが、歌《うた》いながら食事《しょくじ》の盆《ぼん》を運《はこ》んでやってきた。

「姫君《ひめぎみ》のお食事《しょくじ》の時間《じかん》です」

「え、食事《しょくじ》って……だって、寝《ね》てるんだから食《た》べないでしょ？」

マヨネの疑問《ぎもん》にキノコたちは困《こま》った顔《かお》をした。

「んん、食《た》べるわよ。むにゃむにゃ……」

しゃべり始《はじ》めた姫《ひめ》を見《み》て驚《おどろ》くチャップたちに、キノコが説明《せつめい》した。

「姫君《ひめぎみ》は食欲《しょくよく》が増《ま》すと、少《すこ》し眠《ねむ》りが浅《あさ》くなるのです」

「むにゃむにゃ……ちょっとお醤油《しょうゆ》取《と》ってちょうだい」

白雪姫《しらゆきひめ》は、うつらうつら眠《ねむ》りつつ、むしゃむしゃ食《た》べつつ、むにゃしゃべってい
る。これはチャンス！　と、チャップは、さっそくセイレーン姉妹《しまい》のことを聞《き》いてみた。

「あの、セイレーン姉妹《しまい》の弱点《じゃくてん》を知《し》りたいんです！」

「ああ、あのスキャンダル女《おんな》ね」

「スキャンダル女《おんな》？」

「あのふたり、もともとは精霊界《せいれいかい》のアイドルだったのよ。けどデビューして、人気絶頂《にんきぜっちょう》の
ときに、突然《とつぜん》、活動《かつどう》をやめちゃってね」

「やめた？　どうして？」

マヨネが訊《き》いた。

「週刊誌《しゅうかんし》に熱愛《ねつあい》をすっぱ抜《ぬ》かれたのよ。でもまあ、スキャンダルが原因《げんいん》というよりは、男《おとこ》
を愛《あい》しすぎて、夢《ゆめ》を追《お》うのをやめちゃったってのが真相《しんそう》みたい」

「そうだったの……」

「結局《けっきょく》、その男《おとこ》とも別《わか》れちゃって、今《いま》はその腹《はら》いせで、人《ひと》を惑《まど》わせて嫌《いや》がらせをしてるってわけ。むにゃむにゃ……おかわり」

「それで、どうすれば勝《か》てるんじゃ？」

「だから、その辺《へん》をつっついて、また夢《ゆめ》を追《お》え、みたいに励《はげ》ましてやればいいんじゃないの？　むにゃむにゃ……ごちそうさまでした」

食事《しょくじ》が終《お》わり、また本格的《ほんかくてき》に眠《ねむ》ろうとした姫《ひめ》に、チャップは慌《あわ》てて最後《さいご》の質問《しつもん》をした。

「励《はげ》ますってどうやって？　セイレーン姉妹《しまい》、素直《すなお》に聞《き》いてくれるかな？」

「……むにゃむにゃむにゃ……歌《うた》には歌《うた》よ……むにゃむにゃむにゃ……」

そう言《い》い残《のこ》すと、白雪姫《しらゆきひめ》はまた大《おお》いびきをかいて爆睡《ばくすい》し始《はじ》めた。

歌《うた》には歌《うた》か……とにかくやってみるしかない！


そして、チャップたちは、どこからともなく現《あらわ》れたシンデレラ隊長《たいちょう》、改《あらた》め、元《もと》歌《か》劇団《げきだん》トップスターのシンデレラ座長《ざちょう》に歌《うた》の猛特訓《もうとっくん》を受《う》け、ジニーズにも助《すけ》っ人《と》に入《はい》ってもらって、セイレーン姉妹《しまい》の前《まえ》で歌《うた》を披露《ひろう》した。みんなで力《ちから》を合《あ》わせ、ミュージカルのフィナーレのように感動的《かんどうてき》に歌《うた》い上《あ》げたけれど、セイレーン姉妹《しまい》の心《こころ》にチャップたちの想《おも》いが届《とど》くことはなかった。

それどころか、歌《うた》で勝負《しょうぶ》をしてきた生意気《なまいき》な小僧《こぞう》たちを、姉妹《しまい》はいつもの倍以上《ばいいじょう》の衝撃《しょうげき》波《は》で、はるか遠《とお》くへふっ飛《と》ばしてしまうのだった。

6 町娘《まちむすめ》アイドル　赤《あか》ずきん48《フォーティエイト》

フレンチトースターに戻《もど》ったチャップたちは、お城《しろ》の玉座《ぎょくざ》の間《ま》で固唾《かたず》を飲《の》んでメローラ姫《ひめ》を見守《みまも》っていた。

今日《きょう》の姫《ひめ》は大《おお》きな筆《ふで》を抱《かか》え、真剣《しんけん》な表情《ひょうじょう》で書道《しょどう》の真《ま》っ最中《さいちゅう》。ときどき、王様《おうさま》の顔《かお》に墨《すみ》を飛《と》ばしながら、かなり独創的《どくそうてき》な字体《じたい》で半紙《はんし》に『**チャップ……**』と書《か》き始《はじ》めた。

「うほっ！　姫《ひめ》ったらやっぱりオレにほれ薬《ぐすり》を！　あぁ、メローラ姫《ひめ》。そんなに思《おも》いつめなくても。別《べつ》にほれ薬《ぐすり》なんてなくても今《いま》すぐ言《い》ってくれればオレは……オレは……」

「アレ、見《み》てみ」

妄想《もうそう》モードに突入《とつにゅう》しようとしたチャップをマヨネがツンツンした。完成《かんせい》した書《しょ》には**『チャップ、役立《やくた》たず?』**と書《か》いてあった。

「これは、まずいぞい」

「オレは役立《やくた》たずなんかじゃない！　超《ちょう》スーパー使《つか》える男《おとこ》なんだ！　王様《おうさま》、セイレーンはどうしたら心《こころ》を開《ひら》いてくれるんだろう?」

「う〜む。大臣《だいじん》、何《なに》かセイレーンについて知《し》っておらぬか?」

「セ、セイレーンには、アイドルで人気絶頂《にんきぜっちょう》のときに活動《かつどう》を休止《きゅうし》した過去《かこ》があるであります！」

この前《まえ》と同《おな》じように、やけに汗《あせ》をかきながら、大臣《だいじん》は言《い》った。

「で、ですから、同《おな》じアイドルの苦労話《くろうばなし》を聞《き》かせれば、きょ、共感《きょうかん》してもらえるのではないかと……」

大臣《だいじん》の様子《ようす》がおかしいことには誰《だれ》ひとり気付《きづ》かず、チャップたちは、アドバイス通《どお》り、巷《ちまた》で大人気《だいにんき》の町娘《まちむすめ》アイドル**『赤《あか》ずきん48《フォーティエイト》』**のライブ会場《かいじょう》に行《い》くことにした。

会場前《かいじょうまえ》は、ライブチケットを求《もと》める人々《ひとびと》ですでに大行列《だいぎょうれつ》ができていた。どうしようか困《こま》っていると、行列《ぎょうれつ》の前《まえ》を通過《つうか》して会場《かいじょう》に入《はい》っていくずんぐりむっくりボディが見《み》えた。

「あっ！　パンパン師匠《ししょう》！」

チャップが呼《よ》び止《と》めると、パンパンはすかさず渋《しぶ》い声《こえ》で言《い》った。

「俺《おれ》の後《うし》ろに立《た》つなっ！　って、なんだ、お前《まえ》らか」

「なんでパンパンがこんなところに？　森《もり》の引《ひ》きこもりじゃなかったの？」

マヨネの問《と》いにパンパンは得意《とくい》げに答《こた》えた。

「基本引《きほんひ》きこもりだが、赤《あか》ずきん48だけは別物《べつもの》だ。街《まち》の中《なか》だろうが、海《うみ》の向《む》こうだろうが、どこまででも追《お》いかける！」

「え、まさか、パンパンって、赤《あか》ずきんオタク？」

「失礼《しつれい》な！　オタクじゃない！　ガチのスーパーオタクだ！」

「気持《きも》ちワルッ！」

でも、パンパンが持《も》っていたファンの中《なか》でも5人《にん》しか持《も》つことができないという激《げき》レアのゴールドＶＩＰ《ビップ》プラチナ会員証《かいいんしょう》のおかげで、チャップたちはリハーサル中《ちゅう》の会場《かいじょう》に入《はい》ることができた。パンパンが初《はじ》めて役《やく》に立《た》った。

会場《かいじょう》に入《はい》ると、ステージ上《じょう》にズラリと並《なら》んだ赤《あか》ずきん48が、カンゼンカンペキに同《おな》じ動《うご》きで歌《うた》って踊《おど》っている。チャップたちは、驚《おどろ》いて口々《くちぐち》に感想《かんそう》を述《の》べた。

「おおぉ、すげ〜っ！」

「は、初《はじ》めてこんな近《ちか》くで芸能人《げいのうじん》を見《み》たでごわす」

「どれも一緒《いっしょ》に見《み》えるぞい」

「ジジイだからね！　って思《おも》ったけど、アタシにも違《ちが》いがわかんないわ」

リハーサルが終《お》わってから、チャップたちはアイドルの苦労話《くろうばなし》をメンバーから聞《き》き出《だ》そうとしてみたが、出《で》てくるのは成功話《せいこうばなし》ばかり。

「うーん、なんか友達《ともだち》が応募《おうぼ》したらしくて、オーディション行《い》ったら採用《さいよう》されて、気《き》がついたらドームで歌《うた》ってたって感《かん》じ。だからよくわかんない」

とか、

「学校《がっこう》の帰《かえ》りにスカウトされて、そのままメンバーになって、気《き》がついたらドームで歌《うた》ってたって感《かん》じ」

とか、「気《き》づいたらドームで」系《けい》の話《はなし》ばかりだ。しかも、すぐに時間切《じかんぎ》れになってしまい、ライブ本番直前《ほんばんちょくぜん》の赤《あか》ずきん48は楽屋《がくや》に戻《もど》ってしまった。だが、ステージに靴《くつ》が片方忘《かたほうわす》れられていることにチャップが気《き》づいた。

「あ、靴《くつ》、落《お》ちてるよ！」

すると、ひとりの小柄《こがら》なメンバーが走《はし》ってステージに戻《もど》ってきた。

「あの子《こ》の靴《くつ》ね。でも、どうして落《お》としたんだろう？」

その子《こ》は落《お》とした靴《くつ》につまずき、豪快《ごうかい》にズッコケた。

「どんだけおっちょこちょいなのよ！」

マヨネが突《つ》っ込《こ》んでいる間《あいだ》に、男子《だんし》たちはステージに駆《か》け寄《よ》った。

「大丈夫《だいじょうぶ》？」

「かわいそうでごわす」

「放《ほう》っておけない男心《おとこごころ》をくすぐる、いわゆるドジッ子《こ》タイプじゃの」

「キミは誰《だれ》？」

チャップがキリッとして尋《たず》ねると、その女《おんな》の子《こ》は恥《は》ずかしそうに答《こた》えた。

「え……あの……ナンバー48のアカミです」

「パンパン師匠《ししょう》、知《し》ってる？」

「もちろんだ。一度《いちど》は落《お》ちたけど、ひとり欠員《けついん》が出《で》たことで、最後《さいご》にメンバー入《い》りしたアカミちゃんだ」

パンパンの話《はなし》にマヨネが珍《めずら》しく食《く》いついた。

「苦労《くろう》してそう！　いい子《こ》いるじゃない！　ねえ、なんで落《お》ちちゃったの？」

「オーディションに行《い》く途中《とちゅう》に階段《かいだん》から落《お》ちて気絶《きぜつ》しちゃって、気《き》がついたらオーディションの時間《じかん》まであと少《すこ》しで。慌《あわ》てて会場《かいじょう》に行《い》ったら、警備員《けいびいん》バイトの面接会場《めんせつかいじょう》だったんです……」

「え、それって自分《じぶん》が悪《わる》くない？」

突《つ》っ込《こ》んだのはマヨネひとり、男子《だんし》チームは同情《どうじょう》の眼差《まなざ》しでアカミを見《み》ている。

「会場《かいじょう》を間違《まちが》えちゃうなんて、なんてかわいそうなんだ！」

「それだけで落《お》とすなんてひどいでごわす！」

「あのふたり、完全《かんぜん》にドジっ子《こ》の虜《とりこ》になっておるな」

「でも、それでどうしてアイドルになれたの？」

マヨネが尋《たず》ねるとアカミは続《つづ》けた。

「バイトに受《う》かって、ライブの警備員《けいびいん》をしていたんです。どうしても赤《あか》ずきん48の近《ちか》くにいたくて。そうしたら、メジャーデビュー直前《ちょくぜん》に急《きゅう》に欠員《けついん》が出《で》てメンバーに……」

「うーん、そこそこいい話《はなし》だけど、なんかこう、もっとパンチが効《き》いたやつないの？　歌《うた》えなくてメンバーにボコボコにされたとか、3日間《みっかかん》メシ抜《ぬ》きで居残《いのこ》り、ダンス練習《れんしゅう》させられたとか」

「そこまではないですけど、一応《いちおう》メンバー入《い》りしたのに、歌《うた》もダンスも下手《へた》で、いつも足《あし》を引《ひ》っ張《ぱ》っていて…。本当《ほんとう》に私《わたし》がアイドルなんかでいいのかなって。何度《なんど》もやめようと思《おも》ったんですけど、あきらめられなくて……しくしく、しくしく」

「ちょっと！　ナニ、その下手《へた》くそなウソ泣《な》き。そんなの明《あき》らかにバレバレじゃ……」

「アガミぢゃ～んっ」

パンパンは目《め》を真《ま》っ赤《か》にして泣《な》いている。チャップもペペロンも、ブタ子《こ》まで目《め》からジヨロジョロ涙《なみだ》を流《なが》しダダ泣《な》きだ。

「あきらめちゃダメだぁ〜」

「うわぁ〜んでごわすぅ」

「えぇ！　なんで、しくしく』で騙《だま》されんのよっ！」

マヨネは腑《ふ》に落《お》ちなかったが、とにかくチャップたちはアカミを連《つ》れてセイレーン姉妹《しまい》のもとに行《い》くことにした。

今度《こんど》こそ、カンゼンカンペキほれ薬《ぐすり》を手《て》に入《い》れるぞっ！


セイレーンの園《その》に到着《とうちゃく》すると、またすぐに歌声《うたごえ》が聞《き》こえてきた。

「♪　ルールールルルー」

周囲《しゅうい》は深《ふか》い霧《きり》で包《つつ》まれ、セイレーン姉妹《しまい》がチャップの前《まえ》に立《た》ちはだかった。

「我《わ》が名《な》はセイ」

「我《わ》が名《な》はレーン」

「ふたり合《あ》わせて　♪　セイレェエーン姉妹《しまい》」

相変《あいか》わらず、人《ひと》を惑《まど》わせるような美《うつく》しいハーモニーだ。

「今日《きょう》は友達《ともだち》を連《つ》れてきたぞ！」

チャップが意気込《いきご》んで言《い》うと、セイレーン姉妹《しまい》は鼻《はな》を鳴《な》らして笑《わら》った。

「友達《ともだち》ですってぇ」

「なに言《い》ってんの？　♪　笑《わら》わせないで〜っ！」

「アカミちゃん！」

真《ま》っ白《しろ》い霧《きり》の中《なか》、チャップの声《こえ》にアカミは意《い》を決《けっ》してセイレーンの前《まえ》へ歩《あゆ》み出《で》た。

「わた…わた、あか…あかず…」

しかし、緊張《きんちょう》してしまい、口《くち》の前《まえ》に持《も》ってきた手《て》がワナワナと震《ふる》えている。

「大丈夫《だいじょうぶ》。がんばって！」

チャップの声援《せいえん》に、アカミは胸《むね》に光《ひか》る**『クロリス』**のブローチをギュッと握《にぎ》りしめた。

それは、森《もり》の途中《とちゅう》で、スナックワールド最弱《さいじゃく》のモンスター**『スライム』**を倒《たお》したときに宝箱《たからばこ》からゲットしたアイテム。チャップが勇気《ゆうき》100倍《ばい》になるブローチだと言《い》って、アカミに手渡《てわた》したものだ。アカミはブローチから勇気《ゆうき》をもらい、話《はな》し始《はじ》めた。

「セイレーン姉妹《しまい》さん、赤《あか》ずきん48、ナンバー48のアカミです」

アカミがアイドルの苦労話《くろうばなし》を始《はじ》めると、セイとレーンは少《すこ》しずつ興味《きょうみ》を持《も》ち始《はじ》めた。オーディションに落選《らくせん》し、警備員《けいびいん》のバイトからスタートし、48番目《ばんめ》のメンバーになった話《はなし》を姉妹《しまい》は「うんうん」と頷《うなず》きながら聞《き》いている。

「それは大変《たいへん》だったわね」

「それでどうなったのかしら？」

「まだ歌《うた》もダンスも下手《へた》でみんなの足《あし》を引《ひ》っ張《ぱ》ってばかりだけど、夢《ゆめ》に向《む》かって頑張《がんば》ってます。今思《いまおも》えば、あのときオーディションに落《お》ちて本当《ほんとう》によかったなぁと。あの挫折《ざせつ》があったからこそ、今頑張《いまがんば》れているんだなって思《おも》います」

「苦労《くろう》して夢《ゆめ》を追《お》いかけて…」

「あなた、若《わか》いのに偉《えら》いわね」

辺《あた》りの霧《きり》がスーッと晴《は》れてきた。セイレーン姉妹《しまい》がアカミの話《はなし》に心《こころ》を開《ひら》いたのだ。

「よーしっ！　これでほれ薬《ぐすり》をゲットだ！」

チャップたちは、手《て》を取《と》り合《あ》って大喜《おおよろこ》びした。しかし、ここから超天然《ちょうてんねん》ドジッ子《こ》のアカミの暴走《ぼうそう》が始《はじ》まる。

「セイレーン姉妹《しまい》さん、なんで簡単《かんたん》に夢《ゆめ》をあきらめちゃうんですか!? もっと頑張《がんば》って！

あの若《わか》かったころの気持《きも》ちを思《おも》い出《だ》して！」

「若《わか》かったころ？」

「なによ、それ。もう若《わか》くないって意味《いみ》？」

「ヤバいよ！ なんか気《き》に障《さわ》ること言《い》っちゃったみたい」

マヨネは、セイレーン姉妹《しまい》のピリピリムードをいち早《はや》く察知《さっち》したけれど、アカミは全然《ぜんぜん》気《き》づかずに追《お》い打《う》ちをかけた。

「確《たし》かに年取《としと》ってるけど、そこそこキレイですよ！ 衰《おとろ》えても衰《おとろ》えたなりの魅力《みりょく》ってあるじゃないですかぁ。肉《にく》も腐《くさ》りかけが一番《いちばん》おいしいって言《い》うし！」

「く、腐《くさ》りかけだと――!?」

セイレーン姉妹《しまい》は怒《いか》りのハーモニーを奏《かな》で、また深《ふか》い霧《きり》が立《た》ち込《こ》め始《はじ》めた。

「あれ、なんで怒《おこ》ってるんですか？ 怒《おこ》るとシワが増《ふ》えちゃいますよ」

霧《きり》はますます深《ふか》くなり、白《しろ》い嵐《あらし》となって吹《ふ》き荒《あ》れた。木々《きぎ》は大《おお》きくしなり、風《かぜ》の轟音《ごうおん》が森《もり》に轟《とどろ》く。そこへ、パンパンが赤《あか》ずきんのメンバー全員《ぜんいん》を連《つ》れてなぜかやってきた。

「助太刀《すけだち》にきてやったぞ！」

張《は》り切《き》るパンパンの号令《ごうれい》で、赤《あか》ずきん48は全員《ぜんいん》で言《い》った。

「おばさんだってきらめないで！　おばさんだって夢《ゆめ》を追《お》いかけて！　おばさんだって明日《あした》はある！」

真《ま》っ白《しろ》い嵐《あらし》は激《はげ》しさを増《ま》した。セイレーン姉妹《しまい》は思《おも》いきり息《いき》を吸《す》い込《こ》んだ。

「お・ば・さん!?」

「お・ば・さん!?」

「♪　おばさぁ――――――ん!?」

セイレーン姉妹《しまい》は、怒《いか》りのハーモニーからすさまじい衝撃波《しょうげきは》を繰《く》り出《だ》し、チャップたちとパンパン、それに48人《にん》の赤《あか》ずきんたちを空高《そらたか》くふっ飛《と》ばした。

7　セイレーンの願《ねが》い

その後《ご》もこりずにセイレーン姉妹《しまい》のもとを訪《たず》ね続《つづ》けたチャップたちは、姉妹《しまい》の切《せつ》ない真《しん》実《じつ》を知《し》った。

セイレーン姉妹《しまい》は、スキャンダルを報《ほう》じられた後《あと》も、実《じつ》は恋人《こいびと》と別《わか》れてはいなかった。でも、ある日突然《ひとつぜん》、その恋人《こいびと》は何《なに》も言《い》わずにセイレーン姉妹《しまい》の前《まえ》からいなくなってしまった。ふたりは、来《く》る日《ひ》も来《く》る日《ひ》も愛《いと》しい人《ひと》を探《さが》したが見《み》つからず、それから初《はじ》めてその人《ひと》と出会《であ》った森《もり》で、再会《さいかい》を信《しん》じ、姉妹《しまい》は歌《うた》い続《つづ》けているのだという。

チャップたちは、すぐにお城《しろ》に戻《もど》って王様《おうさま》に報告《ほうこく》した。

「その恋人《こいびと》に会《あ》わせたら、ほれ薬《ぐすり》をくれるって約束《やくそく》してくれました！　しかも、その恋人《こいびと》はフレンチトースターの住人《じゅうにん》らしいです！」

そのとき、王様《おうさま》の横《よこ》で、大臣《だいじん》の顔《かお》から滝《たき》のような汗《あせ》が流《なが》れていることには、今回《こんかい》も誰《だれ》も気《き》がつかなかった。

チャップたちは、手始《てはじ》めに恋愛《れんあい》マスターの異名《いみょう》を持《も》つ**『ロミオとジュリエット』**を訪《たず》ねてみることにした。ふたりはフレンチトースターで一番《いちばん》のラブラブカップルで、結婚相談《けっこんそうだん》所《じょ》をやっている。

さっそくセイレーン姉妹《しまい》のことを相談《そうだん》しようとすると、そこへ、チャップたちを追《お》って
ガスタンク大臣《だいじん》がやってきた！

「愛《あい》なんて、愛《あい》なんて……恐《おそ》ろしいだけじゃ――――いっ！　おお――んっ!!」

みんなの前《まえ》でいきなり泣《な》き出《だ》した大臣《だいじん》を、ゴブさんがなだめた。

「大臣《だいじん》、落《お》ち着《つ》いて話《はなし》を聞《き》かせてくれんか？」

「うっ、うっ、実《じつ》は……実《じつ》は、みなさんが探《さが》しているセイレーン姉妹《しまい》の恋人《こいびと》は……私《わたし》なん
ですっ！」

「えええ――――っ！」

驚《おどろ》くチャップたちに、大臣《だいじん》は白状《はくじょう》した。

「あれは、まだ私《わたし》が王宮《おうきゅう》に入《はい》ったばかりのころでした……」

話《はなし》によると、森《もり》に散歩《さんぽ》に出《で》かけた大臣《だいじん》にセイレーン姉妹《しまい》が一目惚《ひとめぼ》れをして、姉妹《しまい》で大臣《だいじん》
の奪《うば》い合《あ》いが始《はじ》まったのだという。

「セイレーンは男《おとこ》の生気《せいき》を吸《す》う恐《おそ》ろしいモンスター……彼女《かのじょ》たちの恋人《こいびと》になった人間《にんげん》は生《せい》

気《き》を吸《す》い尽《つ》くされ、命《いのち》を落《お》とす」

大臣《だいじん》の話《はなし》に、みんなは青《あお》ざめ、ガチブルに震《ふる》え始《はじ》めた。

「現《げん》に、今《いま》までで12人《にん》の男《おとこ》がミイラになっています。私《わたし》は、私《わたし》は……13人目《にんめ》のミイラには、なりたくな――――いっ！」

恐怖《きょうふ》で号泣《ごうきゅう》する大臣《だいじん》につられて、チャップ、ペペロン、ゴブさん、ブタ子《こ》も泣《な》いた。

「想像《そうぞう》していた愛《あい》の物語《ものがたり》とは違《ちが》ったでごわすぅ」

「そんな恐《おそ》ろしい姉妹《しまい》だったとは……」

すると、話《はなし》を聞《き》いていたジュリエットが「おお、ロミオ！」ではなく、「おお、みなさん！」と口《くち》をはさんだ。

「聞《き》いてください！　愛《あい》のトラブルは愛《あい》でしか解決《かいけつ》できないわ」

「愛《あい》で、解決《かいけつ》……？」

大臣《だいじん》の言葉《ことば》にロミオが答《こた》えた。

「そう！　大臣《だいじん》が、彼女《かのじょ》たちに愛《あい》あるケジメをつければいいのさ！」

「愛《あい》あるケジメ……」

「僕《ぼく》たちが、恋愛《れんあい》マスターの名《な》にかけて、とっておきの別《わか》れの手紙《てがみ》を書《か》いてあげるよ！」

「本当《ほんとう》ですか！」

「やったね、大臣《だいじん》！　これで死《し》なないで済《す》むよ！」

「その手紙《てがみ》で、姉妹《しまい》との愛《あい》を終《お》わらせるんじゃ！」

チャップとゴブさんは大臣《だいじん》の肩《かた》を励《はげ》ますように叩《たた》いた。

「ありがとう！　是非《ぜひ》お願《ねが》いします！」

大臣《だいじん》は、ロミオとジュリエットに深々《ふかぶか》と頭《あたま》を下《さ》げた。


ロミオとジュリエットに書《か》いてもらった手紙《てがみ》を持《も》って、チャップたちと大臣《だいじん》は森《もり》の奥深《おくふか》くセイレーンの園《その》に到着《とうちゃく》した。

「よかったね、大臣《だいじん》！　その手紙《てがみ》さえあればバッチリ別《わか》れられるよ！」

「はい！」

すると、「♪　ルールールルルー」と歌声《うたごえ》が響《ひび》き、あっという間《ま》に周囲《しゅうい》が深《ふか》い霧《きり》に包《つつ》まれて、セイレーン姉妹《しまい》が姿《すがた》を現《あらわ》した。

「セイレーン姉妹《しまい》！　君《きみ》たちの恋人《こいびと》を連《つ》れてきたぞ！」

チャップは大臣《だいじん》を押《お》し出《だ》した。大臣《だいじん》はセイレーン姉妹《しまい》の視線《しせん》に冷《ひ》や汗《あせ》タラタラだ。

「ちょっと」

「確認《かくにん》させて」

姉妹《しまい》が大臣《だいじん》をグッと引《ひ》き寄《よ》せると、大臣《だいじん》の身体《からだ》が宙《ちゅう》に浮《う》いた。

「ひえっ!?」

さらにセイレーン姉妹《しまい》の顔《かお》がグググっと近《ちか》づき、大臣《だいじん》を隅々《すみずみ》まで確認《かくにん》する。ふたりは大《だい》臣《じん》を左右《さゆう》から挟《はさ》んでじーっと見《み》つめてから、美《うつく》しくハモッた。

「確《たし》かに　♪　私《わたし》たちの愛《いと》しい人《ひと》だわ～」

大臣《だいじん》の身体《からだ》がドサッと地面《じめん》に落《お》ちた。

「さぁ…」

「では……」

「生気《せいき》をいただくとするかぁぁぁぁぁぁ！！！！」

セイレーン姉妹《しまい》が恐《おそ》ろしい形相《ぎょうそう》で襲《おそ》い掛《か》かってきた。

「大臣《だいじん》、あの手紙《てがみ》を！」

チャップの掛《か》け声《ごえ》で、大臣《だいじん》はロミオとジュリエットの手紙《てがみ》を急《いそ》いで取《と》り出《だ》した。セイレーン姉妹《しまい》が一瞬《いっしゅん》、動《うご》きを止《と》めたところを見計《みはか》らって、大臣《だいじん》は言《い》った。

「聞《き》いてくれセイ、レーン！　これが私《わたし》の気持《きも》ちだ!!」

大臣《だいじん》は、大《おお》きくひと息《いき》ついて、手紙《てがみ》を読《よ》み始《はじ》めた。

「こっち来《く》んな！　ブー……ス……」

青《あお》ざめる大臣《だいじん》の手《て》から手紙《てがみ》がひらりと落《お》ちる。手紙《てがみ》には確《たし》かに**『こっち来《く》んな、ブース！』**と書《か》かれていた。

セイレーン姉妹《しまい》の体《からだ》を、猛烈《もうれつ》な怒《いか》りのオーラが包《つつ》む。

「な、ん、だ、とぉぉぉぉおおおおお……！！？」

「あ、ああ、ああああ……」

大臣《だいじん》は、恐怖《きょうふ》でブルブルと震《ふる》え出《だ》した。

「謝《あやま》るんじゃ大臣《だいじん》！」

「そうだよ早《はや》く早《はや》く！」

ゴブさんとチャップの声《こえ》も、今《いま》の大臣《だいじん》の耳《みみ》には入《はい》らない。そして、次《つぎ》の瞬間《しゅんかん》、恐怖《きょうふ》がマックスに達《たっ》した大臣《だいじん》が、豹変《ひょうへん》した。

「ブスって言《い》ったんだよ！　聞《き》こえなかったのかよ、ブス！」

「え……？」

チャップたちは驚《おどろ》きで目《め》をまん丸《まる》くして、大臣《だいじん》を見《み》た。

ゴゴゴッ……セイレーン姉妹《しまい》の怒《いか》りのオーラは、不気味《ぶきみ》な音《おと》を立《た》てて大《おお》きくなっていく。

しかし、大臣《だいじん》は怯《ひる》むことなく、ギラギラした目《め》つきで姉妹《しまい》を見《み》て言《い》った。

「そもそもその世界観違《せかいかんちが》いすぎる顔《かお》で、人間様《にんげんさま》と恋愛《れんあい》しようってのが図々《ずうずう》しいんだよ！」

ゴゴゴゴゴッ……セイレーン姉妹《しまい》の怒《いか》りのオーラが最大化《さいだいか》した。

「大臣《だいじん》っ！　危《あぶ》ないっ！」

止《と》めようとするチャップの肩《かた》に、ペペロンが手《て》を置《お》き、無言《むごん》で首《くび》を横《よこ》に振《ふ》った。

「大臣《だいじん》の勇気《ゆうき》に……敬礼《けいれい》！」

ペペロンは、大臣《だいじん》の姿《すがた》に戦士《せんし》として感銘《かんめい》を受《う》け、敬礼《けいれい》した。チャップ、ゴブさん、マヨネもペペロンに続《つづ》き、ブタ子《こ》はダダ泣《な》きしている。

そして、大臣《だいじん》は、セイレーン姉妹《しまい》にとどめの一言《ひとこと》をぶつけた！

「この……ストーカー姉妹《しまい》！！！！」

ドッカ――――――ン！！！　ついにセイレーン姉妹《しまい》の怒《いか》りのオーラが破裂《はれつ》した。

「さよなら、大臣《だいじん》！！！」

チャップは、敬礼《けいれい》したまま目《め》の前《まえ》の大爆発《だいばくはつ》を見守《みまも》った……。

ところが、煙《けむり》がおさまると、大臣《だいじん》が両《りょう》サイドからセイレーン姉妹《しまい》にギュッと抱《だ》きつかれているではないか。混乱《こんらん》するチャップたちに姉妹《しまい》は甘《あま》い声《こえ》でハモった。

「私《わたし》たちにあんな口《くち》を利《き》くなんて」

「なかなか骨《ほね》がある」

「♪　ますます惚《ほ》れたわ〜〜〜♪　もう絶対離《ぜったいはな》さない〜〜〜」

大臣《だいじん》の顔《かお》から血《ち》の気《け》が引《ひ》いていく。

「いや、ウソですよね。ちょ、ちょっ、ちょっと待《ま》ってぇー、あーっ…」

大臣《だいじん》は、姉妹《しまい》に両腕《りょううで》を抱《かか》えられ、森《もり》の奥《おく》へと連《つ》れ去《さ》られてしまった。マヨネは、あ然《ぜん》として呟《つぶや》いた。

「なんなの、あの歪《ゆが》んだ愛《あい》は……」

ぽかんとして見送《みおく》るチャップたちのところに、森《もり》の奥《おく》から小瓶《こびん》に入《はい》ったほれ薬《ぐすり》が飛《と》んできた。チャップは瓶《びん》をキャッチ！　中《なか》には魅惑的《みわくてき》なピンク色《いろ》のほれ薬《ぐすり》が入《はい》っていた。

「やったー!!　ほれ薬《ぐすり》をゲット！　さて、帰《かえ》るか！」

さっさと帰《かえ》ろうとするチャップを、マヨネが引《ひ》き留《と》めた。

「てか、大臣《だいじん》は？　どうするの？」

「あ……えーっと……頑張《がんば》れ――――っ！」

森《もり》の奥《おく》にテキトーに声援《せいえん》を送《おく》ると、チャップたちは森《もり》を後《あと》にした。


――ここは、お城《しろ》の玉座《ぎょくざ》の間《ま》。

ほれ薬《ぐすり》を手《て》に入《い》れたメローラ姫《ひめ》は、チャップに投《な》げキッスをした。

「ありがとう！　チャップ〜」

「いいえー、メローラ姫《ひめ》のためならぁ」

チャップはメロメロでキッスを受《う》け取《と》る。

「けど、結局《けっきょく》メローラ姫《ひめ》は誰《だれ》にあのほれ薬《ぐすり》を使《つか》う気《き》なのかしら？」

気《き》になって見《み》ているマヨネの視線《しせん》の先《さき》で、姫《ひめ》は、玉座《ぎょくざ》の後《うし》ろからキラキラにデコられた箱《はこ》を取《と》り出《だ》し、フタを開《あ》ける。

箱《はこ》の中《なか》にいたのは、なんとミミズ！

マヨネは、思《おも》わずチャップの後《うし》ろに隠《かく》れた。

「なっ！　なんなの、アレ!?」

「ああ、メローラ姫《ひめ》のペットのミミズさんだよ」

すると、姫《ひめ》は鼻歌《はなうた》を歌《うた》いながら、ほれ薬《ぐすり》をミミズに振《ふ》りかけ、あっという間《ま》に空《から》になった瓶《びん》をポイッと投《な》げ捨《す》てた。

「これでお城《しろ》の生《い》き物《もの》ぜぇ〜んぶが、私《わたし》にメロメロになったわ。さ、エステ行《い》こーっと」

「ウソでしょ、あんなののために私《わたし》たち戦《たたか》ってたの……」

マヨネの言葉《ことば》にペペロンとゴブさんも頷《うなず》いた。しかしチャップだけは、メローラ姫《ひめ》の後《うし》ろ姿《すがた》にメロメロで言《い》った。

「さすがメローラ姫《ひめ》！　小《ちい》さな愛《あい》も逃《のが》さない！　女子力《じょしりょく》たっけ〜！」

「森《もり》だけじゃなくここにもあったわ。歪《ゆが》んだ愛《あい》……」

マヨネは、チャップたちを置《お》いて歩《ある》き出《だ》した。

「ちょっと待《ま》ってよ、マヨネ！」

「もうイヤ！　もう二度《にど》とチャップと一緒《いっしょ》にクエストなんてやらないんだから」

「そんなこと言《い》わないでこれからも一緒《いっしょ》にやろう！」

「そうでごわす。これからも４人《にん》とブタ子《こ》さんは一緒《いっしょ》でごわす」

「そうじゃな。ワシの命《いのち》が尽《つ》きるまではみんな一緒《いっしょ》じゃ」

「もーっ！　ほんとにイヤ!!」

マヨネの叫《さけ》び声《ごえ》が、お城《しろ》を越《こ》え、フレンチトースターを越《こ》え、スナックワールド全体《ぜんたい》に響《ひび》き渡《わた》った……。

ここは、夢《ゆめ》と冒険《ぼうけん》の聖地《せいち》『スナックワールド』。

このイカした世界《せかい》の中《なか》で、オレたちの冒険《ぼうけん》は始《はじ》まったばっかり。スナックワールドには、まだオレたちの知《し》らないことがたーくさんあるんだ。これからも経験値《けいけんち》を積《つ》みまくって、お宝《たから》ゲットしまくって、そして、オレはいつか必《かなら》ずたどり着《つ》いてみせる！　キングオイスターシティにいるビネガー・カーンのもとに！　そして必《かなら》ず、アイツに復讐《ふくしゅう》を果《は》たすんだ！

カンゼンカンペキ、オレたちの大冒険《だいぼうけん》はまだまだこれからだぜっ！

Shogakukan Junior Bunko

★小学館ジュニア文庫★

スナックワールド

2017年 7月31日　初版第1刷発行

著者／松井香奈
総監督／原案・シリーズ構成／日野晃博
監修／レベルファイブ

発行人／立川義剛
編集人／吉田憲生
編集／山口久美子

発行所／株式会社　小学館
〒101-8001　東京都千代田区一ツ橋2－3－1
電話　編集　03-3230-5105
販売　03-5281-3555

印刷・製本／中央精版印刷株式会社

デザイン／水木麻子

Printed in Japan　ISBN 978-4-09-231178-7

★「小学館ジュニア文庫」を読んでいるみなさんへ★

この本《ほん》の背《せ》にあるクローバーのマークに気《き》がつきましたか？

オレンジ、緑《みどり》、青《あお》、赤《あか》に彩《いろど》られた四《よ》つ葉《ば》のクローバー。これは、小学館《しょうがくかん》ジュニア文庫《ぶんこ》のマークです。そして、それぞれの葉《は》の色《いろ》には、私《わたし》たちがジュニア文庫《ぶんこ》を刊行《かんこう》していく上《うえ》で、みなさんに伝《つた》えていきたいこと、私《わたし》たちの大切《たいせつ》な思《おも》いがこめられています。

オレンジは愛《あい》。家族《かぞく》、友達《ともだち》、恋人《こいびと》。みなさんの大切《たいせつ》な人《ひと》たちを思《おも》う気持《きも》ち。まるでオレンジ色《いろ》の太陽《たいよう》の日差《ひざ》しのように心《こころ》を暖《あたた》かにする、人《ひと》を愛《あい》する気持《きも》ち。

緑《みどり》はやさしさ。困《こま》っている人《ひと》や立場《たちば》の弱《よわ》い人《ひと》、小《ちい》さな動物《どうぶつ》の命《いのち》に手《て》をさしのべるやさしさ。緑《みどり》の森《もり》は、多《おお》くの木々《きぎ》や花々《はなばな》、そこに生《い》きる動物《どうぶつ》をやさしく包《つつ》み込《こ》みます。

青《あお》は想像力《そうぞうりょく》。芸術《げいじゅつ》や新《あたら》しいものを生《う》み出《だ》していく力《ちから》。立場《たちば》や考《かんが》え方《かた》、国籍《こくせき》、自分《じぶん》とは違《ちが》う人《ひと》たちの気持《きも》ちを思《おも》い、協力《きょうりょく》しあうことも想像《そうぞう》の力《ちから》です。人間《にんげん》の想像力《そうぞうりょく》は無限《むげん》の広《ひろ》がりを持《も》っています。まるで、どこまでも続《つづ》く、澄《す》みきった青《あお》い空《そら》のようです。

赤《あか》は勇気《ゆうき》。強《つよ》いものに立《た》ち向《む》かい、間違《まちが》ったことをただす気持《きも》ち。くじけそうな自分《じぶん》の弱《よわ》い気持《きも》ちに立《た》ち向《む》かうことも大《おお》きな勇気《ゆうき》です。まさにそれは、赤《あか》い炎《ほのお》のように熱《あつ》く燃《も》え上《あ》がる心《こころ》。

四《よ》つ葉《ば》のクローバーは幸《しあわ》せの象徴《しょうちょう》です。愛《あい》、やさしさ、想像力《そうぞうりょく》、勇気《ゆうき》は、みなさんが未来《みらい》を切《き》りひらき、幸《しあわ》せで豊《ゆた》かな人生《じんせい》を送《おく》るためにすべて必要《ひつよう》なものです。

体《からだ》を成長《せいちょう》させていくために、栄養《えいよう》のある食《た》べ物《もの》が必要《ひつよう》なように、心《こころ》を育《そだ》てていくためには読書《どくしょ》がかかせません。みなさんの心《こころ》を豊《ゆた》かにしていく本《ほん》を一冊《さつ》でも多《おお》く出《だ》したい。それが私《わたし》たちジュニア文庫編集部《ぶんこへんしゅうぶ》の願《ねが》いです。

みなさんのこれからの人生《じんせい》には、困《こま》ったこと、悲《かな》しいこと、自分《じぶん》の思《おも》うようにいかないことも待《ま》ち受《う》けているかもしれません。どうか「本《ほん》」を大切《たいせつ》な友達《ともだち》にしてください。どんな時《とき》でも「本《ほん》」はあなたの味方《みかた》です。そして困難《こんなん》に打《う》ち勝《か》つヒントをたくさん与《あた》えてくれるでしょう。みなさんが「本《ほん》」を通《つう》じ素敵《すてき》な大人《おとな》になり、幸《しあわ》せで実《みの》り多《おお》い人生《じんせい》を歩《あゆ》むことを心《こころ》より願《ねが》っています。

小学館ジュニア文庫編集部

〈ジュニア文庫でしか読めないオリジナル〉

ぐらん×ぐらんぱ！　スマホジャック
ぐらん×ぐらんぱ！　スマホジャック　〜恋の一騎打ち〜
12歳の約束
白魔女リンと3悪魔
白魔女リンと3悪魔　フリージング・タイム
白魔女リンと3悪魔　レイニー・シネマ
白魔女リンと3悪魔　スター・フェスティバル
白魔女リンと3悪魔　ダークサイド・マジック
白魔女リンと3悪魔　フルムーン・パニック

天才発明家ニコ&キャット
謎解きはディナーのあとで
のぞみ、出発進行!!
バリキュン!!
ホルンペッター
さくら×ドロップ　レシピ1：チーズハンバーグ
ちえり×ドロップ　レシピ1：マカロニグラタン
みさと×ドロップ　レシピ1：チェリーパイ
ミラチェンタイム☆ミラクルらみぃ
メデタシエンド。〜ミッションはおとぎ話のお姫さま……のメイド役!?〜
もしも私が【星月ヒカリ】だったら。
夢は牛のお医者さん
螺旋のプリンセス

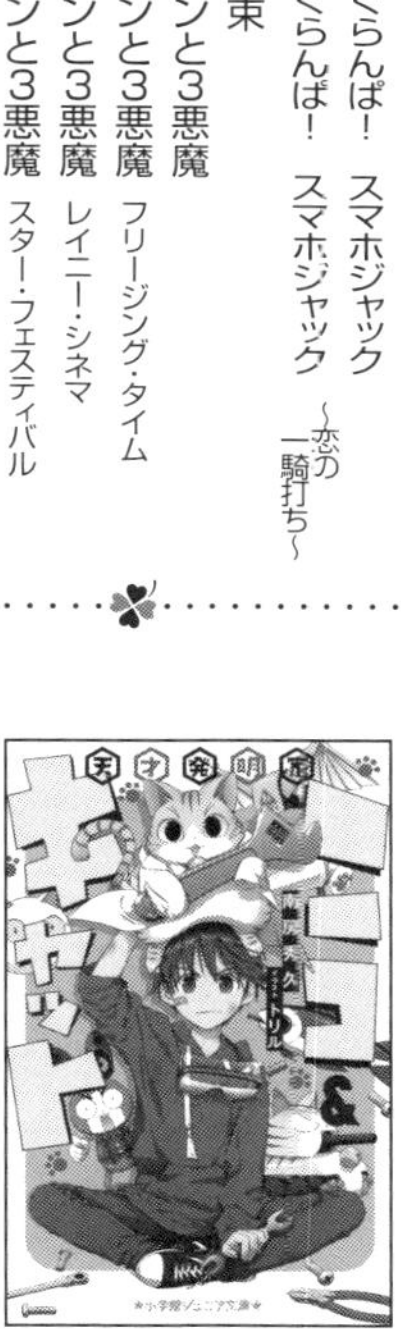

〈思わずうるうる…感動ストーリー〉

きみの声を聞かせて　猫たちのものがたり―まぐ・ミクロ・まる―
こむぎといつまでも―余命宣告を乗り越えた奇跡の猫ものがたり―
世界から猫が消えたなら
世界からボクが消えたなら　映画「世界から猫が消えたなら」キャベツの物語
世界の中心で、愛をさけぶ
天国の犬ものがたり〜ずっと一緒〜
天国の犬ものがたり〜わすれないで〜
天国の犬ものがたり〜未来〜
天国の犬ものがたり〜夢のバトン〜
天国の犬ものがたり〜ありがとう〜
天国の犬ものがたり〜天使の名前〜
動物たちのお医者さん
わさびちゃんとひまわりの季節

次はどれにする？　おもしろくて楽しい新刊が、続々登場!!

★小学館ジュニア文庫★ ワクワク、ドキドキがいっぱいのラインナップ

〈ジュニア文庫でしか読めないオリジナル〉

お悩み解決！ ズバッと同盟 長女VS妹、仁義なき戦い!?

お悩み解決！ ズバッと同盟 おしゃれコーデ、対決!?

緒崎さん家の妖怪事件簿

緒崎さん家の妖怪事件簿 桃×団子パニック！

華麗なる探偵アリス&ペンギン

華麗なる探偵アリス&ペンギン ワンダー・チェンジ！

華麗なる探偵アリス&ペンギン ミラー・ラビリンス

華麗なる探偵アリス&ペンギン サマー・トレジャー

華麗なる探偵アリス&ペンギン トラブル・ハロウィン

華麗なる探偵アリス&ペンギン ペンギン・パニック！

華麗なる探偵アリス&ペンギン ミステリアス・ナイト

華麗なる探偵アリス&ペンギン アリスVS.ホームズ

華麗なる探偵アリス&ペンギン アラビアン・デート

きんかつ！

きんかつ！ 恋する妖怪と舞姫の秘密

ギルティゲーム

ギルティゲーム STAGE2 無限駅からの脱出

銀色☆フェアリーテイル ①あたしだけが知らない街

銀色☆フェアリーテイル ②きみだけに贈る歌

銀色☆フェアリーテイル ③夢、それぞれの未来